LOCUS

LOCUS

LOCUS

LOCUS

from

vision

from 119
只要出問題，小說都能搞定

作者：朱宥勳
責任編輯：林盈志
封面設計：林育鋒
校對：呂佳真
出版者：大塊文化出版股份有限公司
台北市 105022 南京東路四段 25 號 11 樓
電子信箱：www.locuspublishing.com
服務專線：0800-006689
電話：(02) 87123898　傳真：(02) 87123897
郵撥帳號：18955675　戶名：大塊文化出版股份有限公司
法律顧問：董安丹律師、顧慕堯律師

總經銷：大和書報圖書股份有限公司
地址：新北市新莊區五工五路 2 號
電話：(02) 89902588 (代表號)

初版一刷：2017 年 4 月
初版五刷：2023 年 11 月
定價：新台幣 300 元
ISBN：978-986-213-787-1
Printed in Taiwan.

只要出問題，小說都能搞定

WHEN IN DOUBT, THINK LIKE A NOVELIST

世界是複雜的文本，
懂得小說技藝就可以拆解並掌握它

朱宥勳
Chu Yu-hsun

目錄

導論

其實你每天都在讀小說，但你不知道

又是普通的一天

想像一下，你每天睜開眼第一秒開始，到你晚上睡著之間發生的所有事情。

首先是你的鬧鐘。如果你不是用手機的預設音響的話，很可能就是一首你喜歡的歌，比如閃靈的〈暮沉武德殿〉或二〇一六年諾貝爾文學獎得主的〈Blowin' in the Wind〉叫你起床。在上班上課的途中，你打開手機，看到一則新聞，可能是哪個縣市的校園性侵案有了最新消息。群情激憤轉貼的不只是新聞報導，還包括了Ptt的一篇爆卦文，那篇文章的作者自稱是受害人的同學的哥哥的朋友，巨細靡遺地說明了該校老師顢頇的卸責過程。進到會議室或課堂，那個拿著麥克風的人讓你昏昏欲睡。你短暫清醒的三十秒，是因為隔壁的人用手肘頂頂你，附耳說：你看到老闆／老師脖子上的紅印了嗎？嘖嘖，據說昨天有人在樓梯間看到他和……好不容易熬到下午，你卻又為明天要上台簡報緊張了起來，漫無目的地在Google頁面搜尋。你一定看到了幾十則廣告訊息，你的腦袋也記得，只是你以為自己沒有放在心上。突然你靈機一動，決定用《駭客任務》的風格來做明天的簡報。不知道為什麼，只不過是決定了風格，簡報進度就瞬間加速了十倍，點子一個一個湧出來。下班下課回到家，你特別繞道去買了路邊老婆婆賣的雞蛋糕，昨天鄰居告訴你，老婆婆的兒子最近都不寄錢回來了，你也確實發現她最近都早了兩小時擺攤，有時你出來買消夜她竟然還沒收。你在家裡的沙發上回LINE，對老爸發來的長輩圖翻了個白眼，然後編了個理由告訴另外一個群組的人，說你不跟大家去聚餐了。因為你還沒原諒主揪兩年前把走了你的心上人。今晚時間還多，你打開電腦，螢幕還沒亮起，你就決定要先去「召喚峽谷」一趟。不巧的是，今天你打得超爛，爛到你睡著之後，竟然還夢見自己正在重考大學聯考，卻一個字都寫不出來……

問題來了：上面這段文字裡的「你」，一天遇到了幾個「故事」？

故事很好用……但為什麼？

最近幾年，「故事」、「敘事」這些詞，隨著商管雜誌的推廣，漸漸讓這些本來只有文學讀者關心的知識，進入了台灣人心中。不管在什麼地方，我們多少都會看見以上述兩個概念組合出來的詞組，比如「敘事力」、「故事行銷」，即便是賣餐飲的小店，也知道要在牆面上寫一幅「品牌故事」。從政治到商業，所有人似乎赫然發現「敘事」、「故事」有著強大的能力，能夠改變人們的行為——讓人們買更多商品，或者讓人們投票給我。

然而，坊間談這些問題的人，卻很少能說清楚：故事為何這麼神奇？具體的運作機制和心理基礎是什麼？是什麼因素讓它這麼有效？或者，更嚴苛地問一句：為什麼有些故事特別有效，有些故事卻講了跟沒講一樣？

反過來說，作為消費者或選民的我們，真的這麼「好騙」嗎？我們真的都被故事「騙」走了嗎？我們有沒有可能保持「清醒」，擁有抵抗故事的能力？

這些問號，其實都關係到許多文學研究和創作中的知識，如果對這些基礎的概念沒有一定程度的了解，面對「敘事」或「故事」，無論是站在操作者還是被操作者的位置上，都會有種雲深不知處的茫然感。在本書裡，我將試著從一個小說創作者的觀點，來解釋上述的問題。

而已。

你的心是兵家必爭之地

事實上，我們每個人每天都「閱讀」了大量的「小說」，只是大部分的人不會察覺到而已。

在第一節當中，我所簡單描述的「普通的一天」裡，至少就包含了十個以上的故事（加上廣告訊息，可能會有幾十個）。不管說這些故事的人意圖為何，當故事進入聽者腦袋裡的時候，它就會影響我們的思考和行動。有些故事是帶著明確目的性的，比如閃靈那首歌就是為了傳達他的政治觀點，Ptt爆卦文也是心有不平希望能引起關注；有些故事的目的性可能比較弱，比如告訴你老闆八卦的同事並沒有想太多，但只要你聽到這個故事，你對老闆的想法一定會改變，以後你面對他的方式也會跟著改變。只有一個故事的時候，效果可能不會太明顯，但如果每天都有幾十個故事，那你的心態和行為一定會產生變化。更別說，從懂事到去世，你可能會遭遇數百萬個故事的洗禮，就像溪水不斷沖刷砂石一樣。

而為什麼是故事影響我們？為什麼不是更理性一點的東西——比如說數據、論證或科學事實？

原因很簡單，因為「故事」是比較符合人類認知結構的資訊形式。簡稱「懶人包」。身為人類，我們早已知道，能好好活著的先決條件，就是能夠快速判斷眼前的資訊是否有用，這樣才能根據資訊採取正確的行動。這是上古時代就開始的長久演化：要不要吃眼前的果實？我手上的石器打得贏前面那隻長著尖牙的動物嗎？打贏之後有多少肉可吃？

時至今日，我們對資訊的判斷脫離了漁獵狀態，但卻必須面對更多、更複雜的選擇。我們一天所做的決定，可能比上古時代的一個月還要多。在這種情況下，我們自然會索求更快速、更低門檻的處理程序。

是的，那就是故事。因為故事會繞過理性計算，直接訴諸「信任」和「情感」，以至於同樣的資訊量，如果能以故事的形式展現出來，能夠更快速地催動我們做出選擇。甚至有時候，故事的優勢，就在於它的資訊量稀少單純，然而非常聚焦，所以能夠幫助我們簡化考量流程，就像一根針可以刺進大部分的材質裡一樣。而這也同時是它的迷人和危險之處。

舉例來說，我今天可以列出各式各樣關於「死刑存廢」的數據，來證明死刑廢除之後的治安狀態；但這一切努力不如一個江國慶案的故事，或者比不上一個鄭捷隨機殺人的故事。在議題的正反面皆然，真正能引起強烈對立的議題，往往是因為雙方的故事勢均力敵。這是情感層面的動員。

而在信任層面上的動員也同樣有效。你只要看看市面上的廣告就好了。為什麼紀卜心的穿搭意見能夠驅動消費？為什麼看到吳念真出來講幾句話，你就覺得該買個東西回去孝敬父母？在這些案例中，「紀卜心」和「吳念真」就是故事中的角色，前者代表了中學女生心裡的楷模自我，後者則代表了上一代台灣人的標準形象。你信任的不是產品的衣料或營養成分，而是那個笑容、那個口音。這都是小說塑造角色的技巧。

即便在我的這篇導論裡，我也用上了小說的技巧。你可以重看文章的第一節，我花了很長的文字來建構一個「畫面」，而不是引用統計數字來告訴你，平均每人一天會暴露在多少故事之中。專業的寫作者多半都知道，一開頭就給讀者畫面，是黏住讀者注意力最有效的作法。所以《天下雜誌》是這樣寫的，「端傳媒」是這樣寫的，就連黃仁宇的史學著作《萬曆十五年》都是這樣寫的。

把世界當小說來讀

在這本書裡，我想談的就是「什麼樣的故事比較容易影響人」這件事。如同前文談到的，我認為當代社會的複雜度高，讓人們都必須做出大量選擇，因此前所未有的需索「故事」這種懶人包。就在這樣的社會環境裡，常常被台灣人認為「沒用」的文學知識，正是前所未有的「有用」，只是大部分的人還不知道該怎麼用。

這本書，正是要談關於小說、關於敘事、關於故事方面的文學知識。

我不但會談故事如何影響人，也要談故事如何改變了人的思考方式，使得事態有了根本性的變化。你可以把故事想像成一種交通工具，比如說捷運好了：捷運可以讓我們更方便地前往城市的不同角落，讓你再也不用煩惱要不要買車、要去哪裡找停車位。但同時，如果你毫無戒心地完全依賴它，你的人生安排自然會被它牽制，你會不敢找距離捷運站太遠的房子，找工作也都離不開那幾條線路。

工具會幫助你，也會限制你。除非我們不只會使用工具，還知道工具運作的基本原理。

因此，這本書接下來的章節，都會分成「導言」及「案例」兩個部分。每一章的「導言」，我都會說明一項小說的基本原理，提供一點「觀戰重點」。在理解了觀戰重點後，我會以自己的文章作為「案例」，來具體展示剛剛我們談到的小說原理，可以幫助我們看到什麼。案例大部分由我已經發表的各種評論改寫而成，少部分則是新寫的篇章。這麼做的目的，也是要證明這些文學知識確實「有用」，因為它已經是經過二〇一四年以降，台灣激烈競爭的言論市場考驗存活下來的論述。

整本書的基本前提，就是「把世界當小說來讀」。人需要故事，並且依照故事的結構做出現實的選擇。所以不管我們面對的是政治議題、社會時事還是商業操作，只要我們能夠看清楚故事運作的基本機制，就能夠更「看得懂」世界是怎麼運行的。

這套東西有點像是武術。如果你想影響某些人的人生，一身武藝絕對可以派上用場。而如果你心存良善，多幾套拳腳功夫也可以幫助你自保。你可以拿這套東西去賺錢，去推行理想，去解決生活上的難題，也可以拿來抵禦每天每天轟炸你的幾百個故事，讓你做出的每一個選擇真的是自己的選擇，而不只是糊里糊塗的一陣熱血上湧。

開始吧，在又一個普通的日子來臨之前。

第一章

為什麼敘事

導言——

因為你只能活一次

在前一章〈導論——其實你每天都在讀小說，但你不知道〉的結尾，我們曾經提到，人們之所以容易被「故事」影響，是因為它符合人類的認知結構，是一種能夠簡化資訊、加速決策的懶人包。但這仍然沒有解決一個問題：為什麼是故事呢？我們有很多種簡化資訊的表達形式，為什麼不是表格、心智圖，或維基百科式的精準說明文字，而非得講個故事呢？更何況，故事往往會提供很多額外的細節和不必要的情感，又不能保證讀者百分之百接收到我們的訊息，這不是做了很多虛工、又平白冒著失準的風險嗎？

最重要的原因是：**因為我們只能活一輩子**。

不管是出現在小說、電影、漫畫還是廣告片裡，唯有故事能夠讓我們瞬間進入「另一個人生」。人生在世，大部分的人都不會對自己的處境完全滿意，卻也沒有辦法可以改變。如果不考慮投胎的話，「聽故事」是唯一可以讓你暫時逃離當下人生的解決方案。這種遁逃，成就了人類最古老也最根深柢固的娛樂形式。它十分頑強，不管科技如何演變，感官的效果有多強大，符合故事結構的產品硬是能帶給我們更高的滿足感。我們可以想像一個最極端的感官案例就知道了：即便在A片當中，也多少會有場景、有角色、有因果鏈，而不是一開場就進入「重點橋段」。

幾乎可以說，大部分的人類都是故事的成癮者，只是每個人接觸它的媒介不一樣而已。從最深奧的文學小說，到雜貨店櫃台上的小電視，乃至於你在客運上聽到前座兩人說的同事八卦，都能提供類似的滿足，也共享類似的敘事結構。

從「進入另一個人生」出發，我們也可以知道，什麼樣的故事對人最有威力。什麼時候你會覺得想進入另一個人生？那無非是「**匱乏**」（自己的人生比別人少了些什麼）和「**奇觀**」（別人的人生是你永遠沒機會經歷的）。前者如蔡宜文評論中國的宮鬥小說《琅琊榜》時[1]就提到，故事中的所有重要情節都指向了「向家人復仇」的軸線，它的爆紅可能就反應了中國、台灣兩地讀者在家庭結構裡積壓的不滿，這便可視作某種「匱乏」。後者則像近年流行的美式超級英雄電影，各個具有強大異能的角色代替我們殲滅生活中無法殲滅的那些威脅和不公。當我們看到蜘蛛人突遭奇遇、從軟弱的青年變身成可以獨力拯救即將脫軌的列車的人時，我們想到的是現實世界裡，我們所無法阻止的那些壞事。「如果有這麼一個人就好了」，甚至「如果我是這麼一個人就好了」。

即便在一些不那麼華麗的例子裡，這樣的機制仍然存在。想想你跟朋友聚在一起聊八卦時，心裡縈繞的情緒是什麼吧，大致也不脫出於「匱乏」的嫉妒情緒（他憑什麼……）或出於「奇觀」的窺視心態（你不覺得他很扯嗎！）。在所謂內容農場式的文章或比較聳動的新聞報導裡，操作的也是這樣的機制。

因此，判斷一個故事是否有足夠的威力，端看它是否能夠至少擊中二者其一。然而，這並不是要說我們應該把每個故事都操作得非常羶腥色才行。相反的，勾取「匱乏」、營造「奇觀」有非常多種辦法，都能夠把看似平淡的題材變得有滋有味。比如在本章案例一的〈電競只是短線的炒作嗎？〉當中，我所提到的職業運動和電子競技，這樣的高端競賽都同時指向了人們的匱乏以及常人難及的奇觀，因此能夠形成可觀的產業。玩球是一件平淡的事，但是可以投出時速一五五公里的快速球，那就能衍生出一堆有價的東西。而當大部分的人類都做不到這件事時，這就會形成強大故事的基本條件。

而在案例二〈舌的背面〉中，建議可以用比較後設一點的角度來讀這篇文章。在這篇為了二〇一四年「三一八運動」所寫的回憶文章中，你可以看到我的政治立場是很明確的。但這篇文章放在這裡，不是要你接受我的立場，而是希望你帶著懷疑的眼光去檢視它：為什麼我要講「道歉」的故事？為什麼我要講三二三那天晚上與前女友C的故事？

同時，你也可以參考該文後段我提到的「言論匕首」，那也是一種辨認當時網友的「匱乏」，然後對症下藥的操作模式。

---

1 此段出自我們一起直播的影片：https://livehouse.in/channel/470701/record/N1eo5u1VGL。

案例一 ——

電競只是短線的炒作嗎？

日前，李惠仁導演在臉書上發表了一些對電競的看法[2]，適逢LOL世界大賽正熱的時節，引起了不少支持電競的網友的激憤。李文確實有很多誤解，不過這些誤解也都是一般人對電競常有的偏見，或許正可以此為契機，來釐清這些疑問。

在思考「電競」時，很多地方可以拿去跟職業運動比附，因為兩者在本質上有非常相類之處。所以雖然有些人認為電競和職業運動還是有些體質上的差別，不能一味依循職業運動的模式來發展，但我接下來的文章還是盡量把兩者相比，來幫助不熟悉的朋友能夠快速理解。

（一）首先是最常見的問題：「看電競的人好奇怪喔？看別人打電動有什麼好玩的？」

答案非常簡單：就跟你為什麼會想看棒球、籃球、足球、摔角是一樣的。因為人需要夢想，就算追不到夢想，也喜歡看自己一輩子都練不出來、做不到的那些技術。那之中自有某種難以言說的美感，這是電競和職業運動共同的心理基礎。

（二）再來是李惠仁導演提出的問題。他不認為應該發展電競，因為：「電競只是幫助遊戲廠商賺更多錢的行銷手段。」

基本上我相信這個效益是存在的，就像蓬勃的職業棒球可以讓手套和球棒的銷售增加，某一電競項目的蓬勃，能夠帶動遊戲本體的銷售，這是一定會發生的。我的疑惑是：這有什麼問題呢？當我們說想要發展「電競產業」的時候，本來就是想要去分潤這個從遊

---

2 該篇臉書發文的網址為：http://bit.ly/2kseF56。

戲開發、銷售、選手培育，到粉絲消費這整條路線裡面的利潤啊。你會因為台灣很多人打棒球，去指責說「你們這樣會讓美津濃賺太多錢」嗎？除非我們打定主意就是不要賺這種資本主義、消費主義的錢，或覺得這條產業鏈是沒有希望的，不然應該思考的是如何一起捲入更多的資金，去把市場做大。

而且電競跟原遊戲公司的關係一定是前者幫扶後者嗎？恐怕未必。以「星海爭霸」為例，就像許多電競項目一樣，這是一個美國遊戲，但是韓國選手主宰了整個項目。這確實讓星海爭霸有過一段榮光，利潤是可觀的。但反過來說，當韓國人強到成為這個遊戲的「另外一個種族」，其他國家的人都被打成白痴的時候，也往往就是這個遊戲面臨人氣崩盤的危機了。因為職業運動的另外一個動員工具是民族主義，沒有「我國選手」能打進去的比賽，那個國家就不會有什麼足夠的觀眾基礎。

而電競比職業運動更受限的一點是，光有民族主義是不夠的。目前的電競「觀眾」跟遊戲「玩家」高度重合，因為沒玩過你根本看不懂，對遊戲沒有「理解」，會連眼光該擺在哪裡都不知道——籃球跟棒球都只有一顆，但一場星海爭霸會有幾百個單位，一場

ＬＯＬ的球狀物也不知道會出現幾百種，所以柯文哲本人坐在直播現場應該是很無奈的。當電競項目發展起來之後，它會有自己的體系和生命，回過頭來去影響遊戲公司的決策（比如遊戲開發、修正的方向），它的興盛是有可能牽制、影響遊戲的發展，而且不見得是正向的。

（三）第三個問題是，李惠仁導演認為：「只要把伺服器關掉，電競就消失了。」以此證成這只是一種炒短線的行銷行為。

行銷的部分上面談過了，我就略過不提，來談談「短線」這件事。

確實，目前任何一個電競項目的選手週期，都比大部分的職業運動要短。一是項目本身週期短（還記得「世紀帝國」的電競賽事嗎？），二是選手本身的壽命短。

第一個層次的問題確實難解，因為一個遊戲只要人氣下滑到一定程度，玩家（＝觀眾）基數太低，它就會自然崩解。但我想說的是，電競作為一個才剛剛開始進入公眾視野的領域，你現在看到的一切可能都還在混沌期。你之所以覺得單一項目的生命週期很短，不像棒球或籃球可以打一百多年，也許是因為還沒有夠好的遊戲能夠維持這麼久。就算有，也還沒有一百年給它證明自己。但話又說回來了，一百多年前的人，又怎麼可能知道哪些運動項目會撐到今天？

星海爭霸曾經成功撐住了十多年，現在遭遇危機，不知道能不能撐到二十歲。LOL後來居上，至今不衰，也許它能更長壽也不一定。更別說其他也在發熱中的項目（如CS），以及還沒誕生的項目。現在沒看到不代表以後不會有，現在看起來幼生的搞不好正是新的歷史起點。重要的是能不能找到一個歷久彌新的遊戲模式，一直激發出新的可能，讓一代代選手自行演化出各種華麗的風格，就像麥可．喬登或貝比．魯斯。

總之，電競和職業運動的基礎都是觀眾，只要觀眾一直在，那個項目就不會消散。而台灣在這方面，其實具有得天獨厚的優勢。除了正規比賽以外，職業選手們還會「開直播」維持人氣，也就是在網路上即時轉播自己練習的畫面，從中賺取平台簽約金、小額贊助，甚至可以在上面賣周邊商品。人流帶來金流，而台北則是全世界觀看網路直播平台Twitch觀眾最多的城市，這本身就是一個可以促進電競發展的後盾。

第二個層次則是選手個人的生涯週期。由於電競比賽非常消耗眼睛、脊椎、手腕等身體部位——當然，也許未來的電腦會讓狀況有所不同——，而且還依賴極佳的反應神經，所以選手的生涯不會比激烈的職業運動長到哪裡去。另一個限制選手生涯的關鍵，還在於該電競項目的存滅。就算選手正在當打之年，只要擅長的項目消失了，他的生涯也必然結束。甚至不必改換項目，只要遊戲的某些參數改變，也可能會讓本來適應上個版本的本座級選手淪為這個版本的菜雞。而當生涯週期短的時候，我們就很難說服教育體系或年輕人以這個項目的「職業選手」為目標來規劃自己的人生，除非有很強的誘因——極高的榮譽或報酬。

但有另外一種可能的思路是：如果選手的技術訓練，不是以「項目」為單位，而是以「類型」為單位呢？這或許是一種讓選手生涯超過項目週期的方式。比如擅長ＲＴＳ的選手，也許就可以從「世紀帝國」時代打到「星海爭霸」時代；擅長Dota類型的ＬＯＬ選手，也可能在另外一個Dota遊戲裡面繼續打下去。在台灣，甚至有「跑跑卡丁車」的選手轉換跑道去打ＬＯＬ的前例，因為他們在細微操作和職業意識上都是常人難及的。

在這過程中，重要的是各個遊戲類型漸漸演化、交流、終至凝固成一個相對穩定的遊戲項目。就像最初棒球有很多種，最終只有現在這種九人上場打擊、四個壘包的運動模式，成為廣為人知的職業運動項目。這件事情還沒有完成，但不是不可能發生。

（四）最後是一個比較有趣，但我自己沒有肯定答案的領域：「什麼樣的遊戲模式，可以成為歷久彌新的電競項目？」

前面已經略微提過，如果要讓一個電競項目永續存在，那我們就需要一個遊戲模式，讓每個世代都有風格迥異的新英雄產出。在美國職棒，你會看到貝比．魯斯、狄馬喬，一直到最近代的邦茲、A-Rod和鈴木一朗，對於棒球迷來說，這幾個人是不可能搞混的，只要看到他們球棒晃動的軌跡就可以認出來。

而電競項目能否長久，就端視有沒有辦法形成這種「江山代有才人出」的靈活空間。

比如星海爭霸這個遊戲有兩代，而一代比二代成功的原因，就在於一代會有許多「只有某人才能完成的戰術」（比如「Bisu流」），但二代卻因為操作難度降低，變成每個選手都可以精準執行同樣幾套效率最高的戰術，瞬間從俠客對招變成剪刀石頭布。（但弔詭的是，操作難度降低是為了擴大玩家的基礎，卻因而使得高端選手的觀賞性消失，反而讓人氣萎縮；太難沒人玩，太簡單不好看，這大概是RTS這個類型目前最大的兩難。）

基本上，電競項目能否成立、悠久存在，我個人有一個小小的指標，那就是：「比賽過程是否具有被詮釋成一個文本的潛力。」也就是說，賽評（＝一般職業運動中的「球評」）或觀眾有沒有介入，去創造更多意義的空間。你會發現，這世界上的運動有很多，但有些運動就是不可能成為職業運動，因為節奏太慢或太快，或者技術本身太硬派，沒有太多策略性的觀察重點。比如你可以想想，要如何播報「一百公尺短跑」這個項目？如何播報一場馬拉松？而所有成功商業化的職業運動，節奏都在一個適中的範圍內，主播和賽評能夠及時插上話，也因而衍生出一批專屬的術語和文本。

在這一點上，LOL和星海爭霸都具有很不錯的可能性。它們各自都有關於陣型、站位、技術、策略、戰術、情勢與節奏感的一大批術語，比如在二〇一五年十月十一日，LOL世界大賽，AHQ最後擊敗C9的那場比賽，Ptt上就有這樣一篇戰報[3]：

> 24分時，C9抓掉了Ziv，但ahq也收掉了Hai，雙方再次互換一顆人頭。隨後C9進逼中路，但ahq靠著雙傳送抓掉了LemonNation的魔甘娜，並順勢拿下小龍。27分時，C9選擇開巴龍，ahq前來防守，Balls開大反身一撲，卻被AN靈巧地閃過，ahq瞬間秒殺墨菲特。C9眾人敗退，殘血的Ziv果敢跳進敵陣留人，AN跟上收頭，直接豪取四殺。ahq成功打出一波0換5，並直接吃掉巴龍。

從寫作的角度上來看，這是一篇講究準確再現現場，但沒有太多修飾的文字，或許沒有太多的「文學價值」。但這無妨。重要的是，一場比賽的某一個瞬間，能夠被精準地寫下來，拆解、討論、思考、玩賞，這就顯示比賽能對觀眾產生意義，成為某種絢爛的記憶結晶。

就像我輩棒球迷，大概一輩子都不可能忘記：「二〇〇四年的雅典奧運，陳金鋒對日本隊轟出了三分全壘打……」而也許，LOL的電競迷也會永遠記得，「在二〇一五年的那一天，西門（或小安，或牛排）在三座兵營全倒的時候，突然……」

電光石火的一瞬，所有人都看見了。那是人類的極限，那是你一輩子都不可能達到的，但你竟然如此有幸，竟然親眼見到了。這是極短的一刻，但沒有什麼比這更接近永恆的了。

（感謝洪崇德、李奕樵協助本文完成）

3 全文請見：http://www.ptt.cc/bbs/LoL/M.1444576886.A.B8E.html。

案例二——

舌的背面

他心裡燃起火一樣的同情，想盡他舌的能力，講些他們所要聽的話，使各個人得些眼前的慰安，留著未來的希望。

——賴和，〈阿四〉

是恐懼啟動了語言。越害怕的時候，我說得越多。

本來，我是不知道怎麼說話的。跟很多人一樣，那一夜的好幾個月以前，我就知道自己會是反服貿運動的支持者、聲援者。這和我的知識和立場是一致的，雖然在實踐上，我依然不夠徹底，不是那種能以肉身鼓動風潮的人。如果沒有三一八的驚雷，我們只會是這一議題上潛伏的隱蟄，或者終於在地下未蛻變即死亡，如同其他更多議題的潛在支持者一樣。然而歷史沒有如果，當三月十八號立法院大門被衝破的那一刻，我突然想到寫碩論期間讀過的兩本「保釣運動」文獻集——《春雷聲聲》、《春雷之後》——，我現在知道為什麼它們要用「春雷」來概括這場開啟了戰後台灣所有反對運動的歷史事件了。

風雷已經騰捲起來了，但我並沒有準備好，成為一個盡責的聲援者。這並不只是因為，我剛離開三週的成功嶺替代役新訓，剛剛投入遠在嘉義的單位，還未使自己的語言從單調枯索的行軍節奏中甦醒過來的緣故。事實上，像我這樣的文學寫作者，不管在什麼樣的社會運動當中，多半都只能是跟風的聲援者。無論對現實政治的理解或是對特定議題的耕耘，我都沒有深入到足以做出什麼有意義的貢獻，僅僅是憑藉一種倫理上的執著和粗淺的知識背景，在旁敲鑼打鼓，自怨難以「和大家站在一起」，自我安慰「寫些東西，能讓多一點人看到也好」。

而在三一八運動初期，連這種自我安慰也失效了。朋友們一一投入現場，而我正被安頓到一個中小型醫院的資訊室，開始每日數次被電話召喚到各科室，有時能夠排除電腦故障、有時只能對焦急的護理師賠不是的生活。下了班，連上網，光是追讀今天立法院周邊發生什麼事，又有哪些精彩的新文章出現，就可以耗到晚點名。命中注定，在歷史的火燒得最旺時，被迫待在半個島嶼以外的地方，夜夜刷動臉書的藍白色時間軸。包括但不限於寫作者的朋友彼此留言，彷如某種密語：「X月X號，你也在那裡嗎？」簡直像是集體抄襲張愛玲的名句：「噢，你也在那裡嗎？」

進退失據的文學作者

此一時節，能聽懂的就是朋友。答案沒有太多種。我在：場內、青島東、林森八、濟南路，偶爾會經過中山南，比較讓人心疼的答案是行政院；或者像我，只能歉然，我不在。然後急急辯解，因為……朋友了然地說，應該的，你又不是故意不來。但這樣並沒有讓我覺得比較好。事件的中期，終於抽了時間北上，和V見面，他說前幾天在那裡遇見了我們共同的朋友R。R一看到V，第一句話就是：「歹勢，昨天還在趕報告，今天才有空過來。」V一貫地像是沒有什麼別的心眼，轉述一則笑話給我聽那樣，說：「他幹嘛跟我道歉啊。」

但是其實我們都知道為什麼。

既然去不了，只好想些去不了的人也能做的事。寫作者會什麼？不就是打幾個字。寫作者有很多種，文字工作者、專欄寫手、記者、學者，純文學寫作者偏偏是在這種場合裡面最沒用的一種——前述幾種人都有堅實的知識和紀律，針對議題立刻搖筆為文，辭意鏗鏘，能明確帶領大家往正確的方向走。可是純文學寫作者自由自在慣了，不習慣命題作文（即使是自己命的題），不習慣限時完成，習慣「沉澱」，總要距離事件發生之後好久才能動筆。面對每個小時都有新訊息湧入的世界，文學人顯得遲鈍、笨重、不知所云。初期幾天，我不願意把版面「浪費」在其他訊息上，結結實實自我審查，言必稱三一八，什麼藝文活動、文章發表、刊物宣傳統統暫停。可是自己又沒有那個底料可以不斷發文，所以只好轉貼、轉貼然後轉貼。反而是一般非文學寫作者沒有包袱，用素拙的文字就能寫出真正有撞擊力道的作品，像是：「如果今晚他們把我抬了出去／送進了警局／主播，請你跟我媽說／媽媽請不要擔心／就像妳曾經保護我一樣／我會保護自己

╱等天亮了╱等天真的亮了╱我就會回家看妳。」（引自網友Sarah Lo[4]）這一個「天亮」的意象，變成此次運動集體創作的核心線索，直到那首「主題曲」〈島嶼天光〉，都還延續著：「天色漸漸光╱咱就大聲來唱著歌╱日頭一踮上山╱就會使轉去啦。」

文學寫作者在這裡是尷尬的。這樣的文字，我們被馴化得雅不可耐的腦袋已經寫不下手了，所謂深沉和機鋒的「文學性」在這麼巨大又迅速的震盪裡看來又都像是兒戲。彷佛林佑軒一年多前就寫好的那篇得獎散文〈有人溫泉水滑洗凝脂，有人拔劍四顧心茫然，有人天陰雨溼聲啾啾〉一直在等著這一刻，對準我們這些文學寫作者不管寫什麼、為誰而寫，卻總是往「寫得好不好」的牛角尖鑽的習性，是自嘲也是自譴：「我回頭檢查這篇散文的文學性。……起心動念，我就痛心疾首。」有生命懸在刀口，而我們猶在意呼救的描述裡，有沒有寫活了鋒刃的光。最生氣的是，強逼自己不想那些，卻又一個字都寫不出來了，我們讓那些美學、範式、典律、類型論代我們思考太久了，脫掉它們就只是孱弱的無殼之蟹。自己寫不出來，就只好不停轉貼，加上幾句可有可無的按語，或者某處告急動員，或者在筆戰裡像是關節技一樣拆解那些錯亂而無知的、身為被統治者而站在統治者那邊的邏輯。但真的不甘心啊，僅僅這些，盡到的力量也太微薄，任何一個熱心的網友都能辦到，甚至做得更好。

還有沒有別的辦法，還有沒有別的寫法，是文學人真正可以派上用場的？

焦慮啟動的力量

我還正在思考的時候，恐懼來了。三二二，週六晚上，我和女友C在青島東路坐了一晚。三二三我們去了台中一趟，傍晚我準備轉車回嘉義，要收假、晚點名了。突然C說，她有點擔心隔天上班日，守夜的人會不夠。送我到台中之後，她想再回台北去。我有一股隱隱的焦慮，不知該不該對C說出我的猶豫。能不能……不要去？幾日裡，我每天搖旗吶喊，心裡盼望著就是多一個人、多十個人去，但是此刻，我卻猶豫著：能不能不要

---

4 來自 http://www.facebook.com/sarah.lo.18/posts/10201813112188965:0。

去？只因為——我不是能陪著一起去的自由之身。我感到自己的卑鄙與不誠實，對外人是那樣說，面對C又是另一番心思。但是，週六的守夜讓我感覺到，即使在相對平靜的那幾天，清晨警察換班時，大家都還是戒備著的。理智告訴我，除非王金平改變心意，不然立法院不會太危險，可是，如果改變心意的時間，就在今天晚上怎麼辦？

我知道如果我開口，C是會願意放棄北上的。但是我遲疑了很久，最終還是跟她說，那，要小心。

我告訴自己，也許有一天，也會有那麼一個場合我覺得非去不可，不去對不起自己，而也許那時她正好無法在場的。如果她開口希望我留下……

如果在那種情況下，我無法承受兩難，那我就不該讓她承受一樣的兩難。

而且我應該努力誠實。我天真地想。

於是，就在三二三傍晚，我們在台中分開，一南一北。車到雲林的時候，我看到行政院被佔領的消息。下午我就隱隱然看到一些不尋常的動員，但沒想到會是這麼大的事情。我當下的第一反應是喝采，無論如何，這是抗爭層級升高了，雖然代價可能很重。我打電話給C，告訴她狀況。掛電話後，我發現前晚一起靜坐的朋友都往行政院聚集了。從網路上，我開始看到警察調動的資訊，看到各種混亂的訊息，早些時候的焦慮，升級成貨真價實的害怕。為什麼剛好在這麼不穩的時候，我們會分開來，只有她一個人往危險的地方去？如果早一天，我想我們會毫不猶豫地直接過去，不知道會發生什麼事，但起碼彼此就在身邊。但是，為什麼偏偏是在這一天。

所以當我回到嘉義宿舍，一坐在電腦前便焦慮如同強迫症一樣，每秒刷一次ＦＢ畫面。我反覆連去黑島青和臺大新聞e論壇的粉絲頁，開著g0v那個後來鏡頭一直對著吐司的直播。我找每一個可能會去的朋友，找大學同學，找在台北有宿舍的弟弟，把一樣的話告訴每一個人：「C在北平東路，如果……」我算算她差不多抵達台北的時間打電話過去，幾次確定她跟某一位朋友一起走。然後我繼續刷畫面，手機聯絡。資訊不斷湧入的時候我害怕，幾分鐘沒有新資訊出現的時候，我也害怕。

為了讓自己鎮靜下來，我終於開始寫。

從三一八開始到三二三，我寫不出任何有價值的東西，因為我還沒想出要怎麼切入。但有人已經衝在前面了。T日日午夜搭計程車到現場，幾篇不失她兼有雙關妙語、讓讀者笑淚齊出的散文，總在最精準的時間點，重新啟動人走下去的力量。H幾乎什麼時候都在，三一八，三二三，四一一，第一時間上傳現場照片與短訊，到家之後接著寫，有情感有觀點有文采，那是真正的捷才，身體的衝撞和體力的損耗彷佛反而是他落筆的能源，精神力令人嘆服。他們的文章我學不來，缺乏他們帶有的某種深邃知性，也缺乏那樣第一手的時空細節，寫不成紀實性的文字。我也想過「虛構」，用寫小說的方式，騰挪現實，打造寓言。然而馬上意識到：「虛構」在這樣的場合裡萬分危險，化他人的血肉成自己的故事，豈止是僭越而已，更幾乎是一種冷血的收割了。更何況，這樣的場合，人還對虛構有興趣嗎？時間慢慢逼近三二三午夜，H傳了幾張第一手照片，今夜不可能看到他的文字被人們瘋轉的畫面了吧？在一切將要發生、而且可能性越來越狹窄明確，使我的恐懼漸漸成形的期間，我好幾次不經心地點開我早已讀過的，他們這幾天來寫的文章。如果他們今天和我一樣，沒有辦法在那個地方，他們會怎麼寫？……如果是我，該怎麼寫？……

我該寫的東西

在恐懼逼擠出來的，咬牙的冷靜裡，我卻意外從他們讀出了「我該寫的東西」的樣子。——至少在那幾個小時內，我是全心全意如此相信，全心全意逼自己相信，這是我必該去寫的。他們的文章大都很長，論理、情感均具，有動員的能量，也有反省的深刻，在臉書或BBS的世界裡，它們堪稱是言論的坦克車，足以證成一種人性所歸的必然性。然而，不是每個人都有足夠的精神油料去驅使坦克車的。人們讀了他們的文章，帶著充盈的力量回到自己的臉書、回到家人或朋友面前時，面對的卻是一個又一個瑣碎而混亂的爭辯。他們會把文章轉回，但也知道對手一定不會看。而要重複裡頭的論點或情感，卻又十分困難，因為當文章長到一定地步、論點深邃到一定地步時，雖然威力驚人，但不是每個人都能嫻熟運使。

而大部分的人需要的是銳利的言論匕首，能隨時抽出，在情感或邏輯上讓對方理解，甚至是詞窮。

我寫不出他們能寫的。所以，我決定開始這樣寫：一段文章只講一個概念，它最好很短，少於五百字，能少於三百字更好。——事實上，當時C正在那裡，我也沒有精神能發展長篇大論——它包含一個簡單的邏輯拆解，一個讓不熟悉社科理論概念的人會覺得「意料之外、情理之中」的講法，如同好的小說細節。運動的現場總是千變萬化，混亂、蒙昧，即使身在其中的人，也常常不知道自己在這裡的意義是什麼。如果我在後線，能為前線的人做點什麼，就是幫一切的行動找個說法，讓大家安心，這一切並不是沒有意義的。我們正在一起做一件重要的事。重點不是真相，而是人們需要一個如此相信的理由。所以當那一晚，四下都在爭辯「為什麼要冒著被毆打的風險闖入禁區」時，我寫：

明知有可能被打，還進入那個場域的人，其實是在冒險對國家釋出一個訊號：我相信你還有最後的良知、體貼、同理心，我還願意相信你，所以我來到這裡。即使所有跡象都顯示，這麼做是危險的。

然後，我們看到了國家對此的答覆。

不要搞錯了，大家憤怒的原因不是「打人」，而是國家對此訊號的答覆。

這是我第一篇被「廣轉」的文章——那是一群寫作的朋友在三一八期間互相玩笑的名詞。意思是，你寫的某則臉書訊息成為幾個小時內的熱門文字，至少被人轉貼引用了數百次。而在鍵盤上敲下這虛張聲勢的堅定語句的我，同時仍持續焦慮地追蹤C所在的現場狀態。數百次其實並不多，即使加上因臉書運算法而獲得的上萬觸及率，也無助於大局。但這「廣轉」已是我們這一輩年輕寫作者所能散播、聲援的極限了，我們出書或有新作發表的時候，也並沒有這麼多的讀者。做到這個地步，才能稍稍覺得自己真的盡力用文字做了一些事。這之間，C有幾次電話進來，詢問她在當場看不見的網路消息。每一次來電我都鬆一口氣，但我回報的消息越來越糟。特勤進去了，水車進去了，江宜樺發表強硬聲明了。簡直是存心的玩笑，第一波攻堅的重點是北平東路，媽的C就在北平東路。沒有接到電話的空檔，我持續焦慮，不敢撥過去，怕現場的混亂已經開始，讓她分神，但這樣也就不會知道她最新的情況……於是我發更多的文章，每一則貼文都貌似堅定、冷靜，做出我根本外行的政治猜測。事後證明有些猜想真的錯得離譜，可是，當時在螢幕面前的人似乎也很需要這些錯誤，他們按讚，他們轉貼，而我繼續說話，不斷說話。恐懼啟動了語言，沉默令人難以忍受，也許我的聒噪與他們的聆聽是同一件事。

如果真的怎麼了，我敲擊鍵盤的同時甚至想著，就讓單位回去通報吧。我要夜車北上，去把C帶回家。大不了就是再回成功嶺禁閉八週。

事過幾天後，G轉述了她朋友的話，說要謝謝我那晚寫的訊息，因為我讓他們知道了事情為什麼是那樣演變，那些行為有什麼意義。

隔著螢幕我苦笑，對小說寫得極好的G說：「其實我哪裡知道現場做決定的人到底在想什麼。」

磨造言論匕首

但是，作者已死，詮釋才要開始，更何況這一切真正的作者都忙於對抗水砲。這就跟我喜愛的小說、文學評論沒有兩樣，我有些無奈地發現了我們這些寫作人最大的祕密。挖掘意義這樣的工作，從來是看到三分證據講五分話，說久了，只要人們都信了，那就會是真的了。我們打造一組簡短的密語，試著安慰、激勵為數並不太多的我們的讀者，從他們的被安慰與被激勵中，我們才勉強讓不在場的自己覺得好過一些，好像真的發揮什麼作用似的。即使我們自己都不確定這些密語有沒有一扇可以打開的門，但是，還是要寫。文弱無力的語言愛好者如我們，面對權勢時只能與語言相依為命。

而我更清楚感覺到，語言不止一種。登入臉書藍白色頁面，我繼續磨造匕首。不是每一次都能成功，但是越寫越有感覺：這篇中了，這篇沒有，也許可以調整一下段落，收聚焦點……在等待下一個「廣轉」出現之前，我切換畫面，登入只有少數朋友看得見的噗浪和ＢＢＳ，鬆懈了全部寫作的紀律，說那些在「外頭」不能說的，不堅定、不敏銳、沒有機鋒、啃著指甲的焦慮。我寫的那些被「廣轉」的訊息有著真誠的樣貌，可是只有我自己知道，就是因為真正的自己不在場，我才能寫得出那一些話。身體不在場，語言也不在場。那時的我等於詐欺，終究我還是僭越地虛構了，雖然被虛構的是我自己。我殘酷地用行為嘲笑幾個小時前，顧著誠實而沒有攔阻C的自己。為了「大局」，為了平撫我自己的恐懼，我繼續寫。但我沒有告訴任何人，那一刻，我心底真正關心的事一點也不激情、崇高、偉大。我不要偉大的事了，一點都不要了。曾經我好想贏，可是現在那真的不重要了，我只在意一件事。

凌晨三點多的時候，C來電，她回到青島東路上了。沒事。我整個人垮了下來。

宿舍裡所有人都睡了，我摸黑爬到上鋪，閉上眼睛。那時候，很多血腥畫面已經開始瘋轉，網路上充滿著疲憊而憤怒的喧騰。但我真的該睡了，我已經沒有力氣了。躺在床上，我每個小時驚醒一次，猛然抓起手機，滑開，確定立法院那邊還是很安全，再睡。毫不心安理得，但是沒有別的選擇。

這一夜終會過去，就算時間緩慢如泥流，也從沒有一次逆行。

一週後，三三〇，超過五十萬人席捲了那些讓人們數夜不眠的地方。如果每一束思念都能投射如光，那裡就曾經是整個星體上最亮的地方。我同樣收假趕回宿舍晚點名，然後在那一週前度過輾轉一夜的同一個地方，我趕上新聞頻道重播剛剛結束的，畫面與聲音倍數放大的晚會影片。那位曾經也有寫作夢，差點跟我一樣變成只能寫字的文青，現在卻踏上了完全不一樣的路的學弟站在舞台中央。反而是他，在那盛大的歷史現場，喊出了所有念台灣文學的人都一定聽過的經典口號：「同胞須團結，團結真有力。」而不知怎麼的，隨著他嘶啞的聲音，我想起的卻是賴和未寫完的殘稿〈阿四〉當中，一小段完全不適合在這種場合朗聲說出的自白：「他心裡燃起火一樣的同情，想盡他舌的能力，講些他們所要聽的話，使各個人得些眼前的慰安，留著未來的希望。」那是在一九二〇年代，魯迅擊打過的鐵屋，賴和鼓動過的舌簧。

不，我想起的不是「勇士當為義鬥爭」。不是這句一百年來，我們「廣轉」的詩。而是「盡他舌的能力」……

只能盡舌的能力，現下的只有慰安，希望只能寄放在未來。這時候我才覺得有什麼東西在心底貫通了，我以前從來沒有讀懂過。原來這就是他們的噗浪、他們的ＢＢＳ，在那沒有智慧型手機和g0v的年代。原來這一切早就發生過。那些久遠的字一直試著告訴我們、而我們要走過這一遭才讀出來的……那所有書寫的舌的背面。

第二章——敘事結構

導言——

老梗永遠有效

在正式開始構思一個故事之前，我想先請你做一件事：丟掉「創意」吧。

當然，這不是在說創意不重要。創意非常重要，但沒辦法獨力撐起整個故事，就好像炒菜炒到最後，你必須撒適量的鹽巴。沒有鹽巴，整道菜就沒有味道了；但你只吃鹽是不行的，它畢竟不是食材的本體。

故事的本體，我們稱之為「敘事結構」。這是一套從吟遊詩人的時代，一路發展到好萊塢電影工業都在使用的技術，就如同我在本章案例〈你為什麼忍不住收看連柯爭霸〉中講解的那樣，它本身的架構其實並不複雜，可以依循著固定的步驟發想出來。或者你也可以在想到一個好點子之後，圍繞著這個點子把所有結構要件補足。

它的最基本模式，就是一條「**動機——結果軸線**」。故事如同一條魚，以主角的動機為起點，以主角的動機滿足或失敗為終點，這條中軸就是魚骨頭。有了這根骨頭，我們再依序填入其他的角色、細節等血肉，這條魚就活了。

這個敘事結構適用於所有類型的故事，包括小說、電影、漫畫、電玩、廣告。當然，有些前衛的作品是刻意要拆解這個結構，試著實驗出不同類型的。但除了少數的例外，從〈三隻小豬〉到〈嫦娥奔月〉，從御我到白先勇，幾乎都只是在魚骨頭的造型上略加變化而已。我們在第一章提過，故事是能夠符合人類認知結構的懶人包，原因也在此：這條「動機——結果軸線」讓我們能輕鬆把故事中眾多的細節定出主次，各有其位，所以看起來不但清晰，而且有種形式上的簡潔美感。

而當故事中的角色有了「動機」後，它接著就會產生一系列的「動作」，這是它為了滿足自己的動機所進行的各種努力。比如小紅帽就會走出家門，傑森．包恩會抄起槍狙擊掉門口的警衛。然而這是作者的思路，我們是先有了動機才去想要做什麼動作，但從讀者的角度來看，他們是先看到一連串的動作，才慢慢歸納出角色的動機是什麼的。**對**

讀者來說，「動作」就是故事的最小單位，就像物質世界的原子一樣。

因此，當我們作為讀者，想要從別人的故事當中汲取經驗時，就要懂得如何拆掉故事的表面元素，看到真正的敘事結構。我們可以透過以下幾個步驟來進行：

（一）把故事拆解成一系列S＋V的動作序列。

（二）從中歸納出幾個主要角色的動機。

（三）試著抽掉其中幾個動作，看看故事還能不能成立。如果某些動作被抽掉之後就會崩塌，代表那些動作是故事最重要的機關或精華所在。

多找幾個你喜歡的故事，對它進行拆解，你就會發現為何老梗永遠有效了，而且你也會更認識自己，知道自己容易被什麼東西打動。這點在許多歷久不衰的作品當中可以看得更清楚，比如說《名偵探柯南》，就可以拆解成如下的S＋V動作序列：

（1）柯南和他的好朋友到了一個地方

（2）兇手殺了一個人
（3）柯南開始搜集證據和證詞
（4）柯南找到關鍵線索
（5）柯南擊昏一名大人，說出推理
（6）兇手或柯南說出行兇動機，真相大白

當然，每集《名偵探柯南》會有各種細節上的變化，但你會發現，大致不會脫離我上述的六個動作序列。這些動作序列都有特定的功能，比如動作（1）通常是為了營造「密室殺人」場景，限縮兇手的可能範圍，否則現實生活中的刑案都是要在茫茫人海裡找兇手的。動作（5）是以小孩之身探案的柯南所特有的趣味橋段，而這個身體又能讓動作（3）變得更有趣，因為有些東西小孩很難取得，有些東西反而要小孩才看得到。而《名偵探柯南》把真正的行兇動機的揭露放到動作（6），是為了故事前段，能夠安排其他看似有行兇動機的嫌犯，來混淆讀者的注意力。

而不管怎麼分析，你會發現絕大多數故事都還是嚴守「動機——結果軸線」，開頭給的動機，結尾就一定要給個交代，**只是如何走向結尾的巧妙各有不同**——是的，這就是你發揮的地方了。在你能夠駕馭這條基本軸線之後，你可以把創意撿回來了。

本章案例〈你為什麼忍不住收看連柯爭霸〉，是我第一次運用「敘事結構」來分析時事，你可以從中讀到更多敘事結構的操作步驟。寫作此篇時，選舉結果尚未揭曉，站在後見之明的位置，你可以試著重理整個選舉事件，把它當作一個完整的故事來分析。在這篇文章中，我的政治立場非常鮮明，你當然也可以採取與我相反的政治立場，試著運用同樣的技術來寫出對立的文章。

案例——

你為什麼忍不住收看連柯爭霸

九合一選舉進入倒數階段，不管電視、報紙還是網路，每天都充滿了選舉訊息。毫無疑問的，熱度最高的就是台北市長候選人柯文哲與連勝文的對決。本來嘛，台灣的媒體給台北的版面就比較多，加上這是首都市長選舉，動見觀瞻並不意外。但仔細觀察大家每天閱聽媒體消息之後的評論、反應，會發現這裡頭似乎還有一點古怪。大家注目這個消息，好像不只是因為它很重要，更有一種很強烈的感覺是，這件事好像……很娛樂？

沒錯，承認吧，你會這麼愛看，是因為連柯爭霸的系列報導真的很娛樂。

而之所以如此，是因為它符合一部好看的小說最基本的要素，結構上甚至很逼近完整的長篇小說。

到底「小說的基本要素」是什麼，這是一個沒有明確定論的問題。小說家張大春曾說，小說是「一個詞在時間中的旅行」，這幾乎是我看過最簡潔的定義了。我完全同意，只稍微補充兩點：

（一）我認為那個「詞」必然是一個「主詞」，代表至少一名角色——大部分時候是人類，有的時候是動物，你真的想要的話兩者皆非也不是不可能。

（二）我認為這個主詞不是盲目地旅行的，它往往筆直地朝著「動機」的方向走去。

請清空你的腦袋，我們現在要根據以上兩點，開始無中生有，憑空弄出一篇小說來了。首先，先在你的腦袋裡面設想一個角色A，先暫時不要想他是誰、長什麼樣子、喜歡吃什麼水果這種細節，首要任務是想辦法先賦予他一個**動機**。這個動機最好是有點困難，有點抽象，帶有內在的精神價值而且難以實現。

比如說：**A想要獲得一種神祕力量，能夠讓傷殘的弟弟恢復原狀。**

這位角色A就是你的原點，他的動機就是所有人最關心的事。接下來的整篇小說裡，A所做的每一件事必然都是為了此動機的完滿，而讀者最關心的也是A到底會不會得償所願。只要你的角色A不要太失敗，讀者都會希望他的動機A能夠完成；如果能完成大家都會很開心，如果不能完成、或者為了完成它而犧牲很多東西，大家都會一起哭。這股「到底動機A會不會完成呢？」的好奇，就是所有小說推動讀者繼續翻頁的最強動力。

但是如果A一走出家門就踩到一個腳印，立刻獲得了這種神祕力量的話，這篇小說會被所有讀者唾棄的。所以，我們需要讓事態變得更複雜一點，我們需要創造角色B。這位角色B身上也持有一個動機，這個動機必然要與角色A的動機相衝突，而且同樣有點困難，有點抽象，帶有內在的精神價值而且難以實現最好。

比如說：B**想要獲得同一種神祕力量，好獲得父親的認同**。

這時候，小說就開始變得精彩了。因為B也會從動機出發，做出一堆事情。而因為動機A、B是相衝的，所以這兩堆事情就會撞在一起，形成**衝突**。這時候讀者就要開始緊張了，到底A的心願能不能完成呢？特別是A、B看來勢均力敵，甚至B好像比A更強的時候，就更讓人揪心了。而這種衝突、懸念，便是故事為何可以娛樂我們的原因：A快要找到線索的時候，B派人搶走了重要的資料；B在進行某個計劃的時候，A跑出來搗亂，然後……

如果小說家還嫌場面不夠刺激，可以再派A2出場（她來自異國，要靠這種力量奪取繼承權，決定和A結盟……），然後是B2（他是她爭奪繼承權的對手，所以很自然地投入了B的陣營……），以此類推，只要篇幅容納得下，理論上愛塞多少人就塞多少人。而高明的小說家，還會安排一些看似跟主角不結盟也不敵對的角色C。因為某種曲折的因素，他的動機也牽動了整體局勢，可能對主角有所助益或減損，比如說因為部族被屠殺，而對上述所有角色都心懷怨恨。當C跳進戰局的時候，究竟會……？

於是，我們就無中生有了日本漫畫家荒川弘的名作《鋼之鍊金術師》（的基本結構）。

這種娛樂模式非常古老，而且歷久彌新，幾乎可以用來拆解所有暢銷的、不暢銷的作品。包括那些表面上很沉悶的文學經典，也很少跳脫這個結構（只是在那種狀況裡，動機和衝突變得比較不明顯，但不是沒有）。

現在，回過頭來看看柯文哲和連勝文，你會發現從他們宣布參選以來，基本上就形成了比別的選舉組合更像小說的態勢。不管是朱立倫VS游錫堃、賴清德VS黃秀霜、陳菊VS楊秋興都有點無聊，因為這些組合裡面的A、B要不是實力差距過大，沒有想像空間，要不就是沒有動機不明確，看不出他們所爭的東西有什麼區隔。

相較之下，如果你是柯文哲的讀者，以他作為角色A的話，你會讀到一篇非常有可看性的小說。他提出了這場選舉是「價值的選擇」、「文化的運動」，符合了「有點困難，有點抽象，帶有內在的精神價值而且難以實現」的良好動機標準，所以你很容易認同這個角色。由此觀之，角色B連勝文完全站在他的對立面，他的動機似乎就只是想為自己的家族攫取更多的政治、經濟利益；雖然他也說了一些內在的精神價值，但他所做的事情和那些宣稱對不起來，所以沒什麼讀者會相信（比如說，他宣稱選舉應該要以政見為主，不要抹黑，但他在辯論會上還是一直抹黑對手）。說實話，連勝文不是一個太好的角色B，因為他的動機單薄、不堪一擊，幸好（？）他擁有龐大的資源和權貴的身分，使得這場對決還能延續，甚至能讓支持角色A的讀者感受到威脅、懸疑和衝突。

於是，就在每天的媒體報導裡，我們不斷讀到他們兩個人的新行動。他們都是稱職的角色，每天的行動都完美地附屬在各自的動機底下。無私對自私，開放對保守，磊落對卑劣，平民對貴族……其他的角色也在選戰中紛紛加入。柯文哲這一側有A2段宜康和A3林淑芬，連勝文這一側有B2蔡正元和B3羅淑蕾。有段時間，還出現了游移的C宋楚瑜。他們的動機本來不見得會相衝突，但全匯聚到窄小得毫無取巧餘地的目標：台北市長。於是，每一次的喊話、叫陣都變成新的衝突章節，變成了MG149、地瓜事件，然後在辯論會以「墨綠說」激起了最強的一波高潮。

在投票日之前，他們其實就是全台灣人最熱切閱讀的連載小說。在二〇一四年，沒有一部作品比他們擁有更多讀者，並且保持長久的高關注度。

因為，我們真的太想知道最後的結局了。但現實世界的選舉畢竟不是真正的小說，你沒有辦法翻到最後一頁去偷看。所以，面對未知的我們，只好盡全力吸收每一條已知的資訊，希望每一章都沒有錯過的自己，能夠更早一點猜中結局。

而小說的結局，往往就是小說家表露自己的思想立場的所在。在結局裡，角色A的動機必須做個了結，不管是完成還是失敗。透過動機A的「下場」，以及抵達這個「下場」的方式，作者終於告白：「那是可能的……」或者「那是沒有希望的……」。

最後就只剩下這個問題了：你還記得，自己正是〈連柯爭霸〉這篇小說的共同作者嗎？

第三章

角色塑造

導言——

幾滴水就等於一片海

在上一章我們談到了「動機——結果軸線」如何讓故事得以成立，接著我們就要來談談，真正能夠承載「動機」、執行「動作」的載體，也就是「角色」。在最單純的狀況裡，故事至少是由一個角色組成的。讀者會像是新生的小動物「認主」一樣，認同一個角色，隨著它的際遇而有情緒起伏。

構思角色時，我們可以想像一個同心圓，最核心的區域就是「動機」，而在外圈則環繞著「性格」、「天賦」、「外表」和「際遇」等角色特質。「動機」是一切成立的前提，就像汽車的引擎，沒有它就不可能啟動。但我們也不可能騎著一部引擎在路上跑，我們需要各式各樣的零件，這就是外圈的那些角色特質。這些零件都會影響車子的性能，決定我們開的這輛車可以勝任賽車、貨車或者根本是輛悍馬車。

所以，在我們設定了角色的動機之後，接下來就是要設定外圈的這些角色特質。當然，並不是說你一定要把角色特質設定得面面俱到，這裡的每個項目都不是必要的，全看你需要什麼。你要設計到多細緻，端看你想要說的故事有多大篇幅。如果在三、五分鐘左右的影片當中，通常主要角色只需要一個動機加上一個特質就夠了，多了反而會讓焦點渙散，比如《皮克斯短片精選》就是很好的示範。但如果是長篇小說或劇情長片，那越是核心的角色，就必須設定得越細緻，以避免在漫長的劇情發展中出現失控、離題或矛盾的現象。

設定這些角色特質時，最重要的兩個關鍵就是「一致」和「平衡」。

「一致」指的是找到一個鮮明的形象，然後不斷透過性格、言行和外表來反覆加強這個形象。比如全聯福利中心在二〇一六年年底推出的火鍋廣告中，為許多火鍋料建立了擬人的角色，就是透過反覆加強特定形象來強化角色特質。像是「金針菇」的粉絲頁，就會不斷提起「很多顆頭」以及「消化不爛」的特徵，從而產生笑點。

「平衡」則是說：一個立體的角色，它身上所帶有的特質會互相牽制，產生平衡。如果我們設定了一個聰明有才華的角色，那他體能大概就不能太好。如果體能還要好，個性或運氣就不會太好。現在你知道《琅琊榜》裡面的梅長蘇為什麼身體要這麼差了。更關鍵的是，我們通常會在「性格」這個層次，埋下這個角色能否完成動機的遠因，這就是寫小說的人琅琅上口的「性格決定命運」。無論是得償所願還是悲劇收場，多半都是性格導致，如同《三國演義》裡面關羽和張飛的死法。

仔細回想，當我們說「我跟某人很熟」的時候，意味著什麼？當我們覺得自己非常理解故事裡面的角色，理解到可以預測它的行為的時候，我們憑藉的是什麼？其實你會發現，我們從來沒有辦法百分之百認識某個人，我們只是把關於某人的資訊串連起來，從中歸納出反覆出現的特點，形成了我們對他的印象。所以，如果某人被你看到他敲弟弟的頭、辱罵打翻水的同事、又在意見不合時瞪你一眼，你就會認定，這是個「脾氣暴躁、有暴力傾向的人」。但多想三秒吧——有沒有可能只是你看到他的時候，他剛好心情不好？有沒有可能他在別的場合會很睿智、很溫柔？

你只看到幾滴水，你以為那就是海洋了。

但沒有辦法，人類的認知能力是有限的，當記憶體被特定資訊佔滿之後就很難逆轉。這樣的原理，也可以應用在角色塑造上。我們的目標不是建構一個活生生的人，因為那太複雜了，任何文本都沒有足夠的篇幅容納一個人類。我們的目標只是製造一些「角色」：有一個動機，有幾個方向一致的鮮明特徵，而且讓它們每分每秒都表現出同樣的特徵，我們就可以搶佔讀者腦中的記憶體。

在底下的兩個案例裡，我們可以看到這種技術的具體應用。案例一的〈這場名之為選舉的說故事比賽〉寫於二〇一五年年底，你可以參考我如何把四個政治人物當作小說角色來分析，特別是「一致」的面向。案例二的〈余秋雨可以教我們的品格教育〉則是典型的酸文，我引用來批判余秋雨的內容都是文學圈內的常識，但你可以注意的是，我這篇文章如何「重塑」出「余秋雨」這個角色，我特別想要強調的面向是什麼。當然，再一次地，你可以不同意我的立場，而使用這套技術做出對立面的結論。

案例一——

這場名之為選舉的說故事比賽

如果暫時放下對國運的擔憂，保持一點心理距離來「觀看」選舉的話，其實能夠讀出很多有趣的東西。身為一個寫小說的人，我最推薦的一種讀法，是把整場選舉當作一場漫長的說故事比賽：在這段一切都瘋狂加速的時光裡，每一個候選人最重要的任務之一，就是重新打造出自己的身世、動機與人格特質，並且成功讓選民買單。

在二〇一四年的五都選舉中，我寫過〈你為什麼忍不住收看連柯爭霸〉一文，從敘事結構的觀點鳥瞰整個選舉過程。但除了這種「大方向」的設定，另一見真章之處是在微細的「小操作」層次——好故事有很多要素，但最能勾住讀者／觀眾／選民記憶的，必然是那些閃閃發亮的細節。這些所謂的「細節」，包括所有選民可能看見的故事片段：廣告、文宣、報導、評論、決策、行動、形象包裝、選民自主的再創作……

換言之，從這些候選人浮現在眾人面前的第一秒起，每一個瞬間都有可能成為故事的一部分。有些東西會被遺忘，有些東西會被標舉，有些東西會被扭曲，有些東西會被誤導或強化……如何在候選人有限的生命元素當中，塑造出最有「吸票」能量的角色，就是這場比賽最好看的部分了。

在選舉倒數計時的階段，我們或可來看看「總統大選」這場說故事比賽裡，幾位選手的表現。

宋楚瑜：技術派的威力與極限

從這個觀點來看，宋楚瑜是一名非常有趣的候選人，甚至幾乎可以說是三位總統候選人裡，個人戰力最強的一名選手。雖然注定不可能勝選，但是他的出場非常漂亮，推出了〈療癒泥巴〉這部影片。影像發布的那一刻，有幾個小時之內，臉書瘋傳他頭臉沾滿污泥、手捧綠芽的圖片，這一意象非常精準地擊中了選舉過程中，所有候選人都會希望貼在自己身上的關鍵詞：土地、謙卑、親民與希望。

拉長線來看，我們也會發現，宋楚瑜的整體符號包裝，也是很有sense的有機組合。他的粉絲頁叫作「宋楚瑜找朋友」，比起「朱立倫」或「蔡英文」這樣的直來直往，這個名字是更有溫度的，因為有「動作感」，會更像是一個活人而不只是一個標籤。延續著「找」這個概念，他提出的主題句是「一起找出路」，既含蓄地呼應了選民對現世的不滿，又利用了許多人對「兩大黨惡鬥」這個敘事的厭棄。

另外一個厲害的操作，是十一月下旬發表的「競選視覺」影片。這支據傳是「公道伯」團隊操刀的廣告，揀取了「方」和「圓」這兩個形象，一面延伸為「不以規矩、不成方圓」，一面延伸為「圓中有方」的錢幣意象，一次抓住保守派選民的兩個關鍵字：安定與經濟。在影片的最後，一方一圓兩個圖形交疊之處，形成了台灣的形狀，讓抽象的理念「落地」了。這個影片非常簡單，成本可能也不會太高，但相較於內容上的保守，表現的形式卻很新穎，水準很高。若不是他的選情毫無懸念，應當能得到更多關注。

然而，正是在對照他的選情和「說故事」能力的落差上，我們可以看到現實選舉當中最困難的地方。從技術觀點而言，我們幾乎可以說他能做的都做了，而且也做得不差，不愧為曾任新聞局長的候選人。但這些技術的威力，頂多就只能幫他到這裡了——也許可以跟朱立倫黃金交叉，但永遠看不到蔡英文的車尾燈。

為什麼？因為網路。

在網路時代，說故事技術再好的文本，也難以保證得到應有的效果，因為任何文本都可能被海量的網友行為影響，或者被增幅，或者被修改，或者被扭曲，或者被歪讀。**每一個人都可能是「共同作者」，「第一作者」就不可能有絕對的控制力和操作空間**。還記得宋楚瑜的泥巴照最後怎麼了嗎？在最初的幾個小時，網友們確實讚嘆於這個文本的精準，但很快就有網友找出了反擊方法：把你變成洗面乳廣告吧。人們無法摧毀一個故事，但是可以在外圍添上其他符號，讓整個故事變成另外一個調性；我們不必刪掉你，我們最大的武器是讓你變得很好笑。

網路時代另外一個可怕的地方，是記憶非常難以被銷毀，必要時，所有過往的紀錄都可能跳出來干擾或幫助一個故事。在宋楚瑜的案例裡，歷史紀錄總是陰魂不散。比如看到泥巴抹身，讀者很自然就會想到他之前「親吻土地」的大戲，這時只要有人貼出歷史照片，整個故事的力量必然大打折扣。（同理，你可以想像朱立倫拍泥巴廣告會發生什麼事？還記得他有個外號叫作「砂石倫」嗎？所以一個好故事也不見得每個人都能受用的。）而當他擺出「找朋友」的民主姿態時，網路上反覆播放的卻是他二〇〇四年在戰車上高呼的畫面；當他呼籲在藍綠兩黨之外「一起找出路」時，所有人都會記得他軟Q下跪拱上馬英九、順便拯救親民黨選情的精湛演技。加上他為了顯示自己親近年輕人、愛開玩笑，還錯誤地放出了「要是在戒嚴時代，就把你們槍斃了；不過，我會特赦你們」這個細節。這是極為嚴重的失誤，直接讓整場泥巴大戲前功盡棄。

他以為是玩笑的，剛好正是目標受眾開不起玩笑的部分，自身歷史紀錄的軟肋，標準的哪壺不開提哪壺。因此，在接下來的幾個月內，反對宋楚瑜的網友就自然「定調」了攻擊策略，不斷從他的歷史紀錄中提取反民主事實，來改寫宋楚瑜團隊釋出的故事元素：壓制本土語言、凱道夜市的仇恨言論、派幕僚赴北京參觀閱兵、終極統派的立場……集大成者，就變成「臺左維新」的宋楚瑜懶人包。

即使是技術這麼好的文本，也撐不過網路二十四小時無止境的摧殘，這是一個每秒都有數千上萬個小搏鬥的綿密戰場。不過往好處想，如果不是技術這麼好，可能從第一秒起就會開始被摧殘了——比如說接下來這位參賽者。

朱立倫：你有在比賽狀態裡嗎？

同樣是逆勢作戰，朱立倫選手的表現就真的不知該怎麼說了。

很簡單，閉上眼睛十秒鐘，仔細回想，自他參選以來，你印象最深刻的「朱立倫故事」是什麼？

我想你很可能腦筋會一片空白。他沒有亮點，除了額頭上的那個，和One Taiwan看板上那個放歪的句點之外。他簡直像是沒有下場比賽，如果純看「說故事比賽」的層次，真正躺著選的其實是他。

朱立倫的參選，從一開始就是一場笑罵由人的悲劇。他故事的起點其實很不錯：年輕（以國民黨的標準），形象佳，資歷完整。雖然二〇一四年十一月二十九日的市長選舉差點搞笑，但選後還是拿到了黨主席的位置。但這就是最高點了。四月，他提出了「兩岸同屬一中」的說法，當時他還不是選手，暫時問題不大；但當半年後，他開始力主「換柱」時，這個說法就成為會干擾他的「歷史紀錄」了——你的說法，和你換掉的人有何不同呢？程序不正義，實質上也不公平，這是朱立倫選手的初亮相。

接下來的狀況只有每況愈下。他決定不辭新北市長，於是「做好做滿」的幽靈如影隨形。為了解釋換柱的迫不得已，他說自己「勇於承擔」，卻無法解釋為何姍姍來遲。想靠感性的文字翻盤，而有了「剛泡好咖啡。對著電腦，路上無車無人，夜深無聲。沉默太久，傷害也太重，我想該是和大家清楚說幾句話的時候……」一文，但這篇文章卻在晚上八點多發布，根本不可能「無車無人」。別說提不出有亮點的細節了，他似乎連給出「有現實感的細節」都沒辦法。（題外話：其實我覺得蔡英文在辯論會時，同步放上第一人稱的發言稿也是有點風險的——那似乎太暴露了「小編」或「排程」存在的事實，會讓讀者出戲的。）

相對而言，整個朱團隊最有可能產生漂亮效果的一擊，應屬辯論會上的「淡水阿嬤」。我們可以假想，在最完美的劇本裡，朱立倫首先在辯論會上提出這個角色，後續幾天刻意低姿態「笑嬤由人」後，在選前的某個活動讓真人亮相，將故事推向大逆轉的戲劇化高潮。可惜此一角色初亮相時的細節鋪陳不夠，沒有後續的文宣攻勢支撐（感覺是……劇本其實沒有寫好，是在朱立倫隨口提過後才硬著頭皮上陣？）；加上整個故事在充滿敵意的網路環境下，完全被「爆雷」了——許多網友早就猜到「在選前倒數階段會有一個阿嬤跑出來」，大逆轉的張力早就被洩光光了。更糟的是，朱立倫選手雖然真的在一月九日的造勢遊行推出一位阿嬤，但這位阿嬤竟然是「資深民意代表」。

……你來亂的嗎。你都刻意換成台語講這段故事，訴求「親民」了，最後卻給我推個「當官的」出來？戲不做足，不如不做啊。

不幸中的大幸是，這場阿嬤現身的大戲，被另外一個騎腳踏車的阿伯活生生蓋台了，根本換不到版面。所以，淡水阿嬤妳放心，不會有什麼網友惡搞妳了，因為大家根本沒看到妳。

朱立倫基本上不在比賽狀態裡；嚴格說起來，他的隊友也沒有。如果說宋楚瑜隊是在逆風之中全力演出，朱立倫隊卻是唯恐犯得錯不夠多一樣。在選情吃緊的倒數階段，我們看到了跟二〇一四年一模一樣的自爆連發：在應該訴求「支持者最大化」的前提下，他們可以推一支「五年級」廣告[1]來惹火年輕人，並且逼網路上的五年級生們展開了表態自清的寫作大賽；支持國民黨的老藝人可以輕率地說出「年輕人懂什麼」，而朱立倫竟然不打圓場不解釋，那大家會有什麼反應自然就ＢＪ４；胡筑生的「女人國」[2]、林郁方的長髮論[3]、丁守中的「姊姊」說[4]，每個人都不在狀況裡，搞不清楚自己在跟誰、說什麼。或者是太在自己的狀況裡，忘記這個世界上還有女人、年輕人、當兵時被欺負過的人了。

總統大選是一個巨大的複合體，這些故事都會成為朱立倫的一部分。就算他不用直接負責，也間接說明了他「治軍不嚴」。這沒有什麼藉口，因為二〇一四年的五都選舉，郝柏村就親身以「皇民說」[5]示範了豬隊友的風采，為對手催票。當時還能說是措手不及，不知道這些言論會有反效果，這次總該有點「行前教育」了吧？反觀蔡、宋陣營，你會發現這麼有「存在感」的豬隊友遠比朱陣營少得多，這正是團隊戰力的指標之一。

或者有人要說，朱立倫本來就志不在這次選舉，這些事情問題不大。但這不是真的。除非朱立倫以後不再出來選，否則這次選舉中形塑出來的「朱立倫故事」或「國民黨故事」，都可能成為往後所有選舉的「歷史紀錄」，再次被翻攪出來，你之後的故事說得再好，恐怕也像宋楚瑜一樣，只能撐幾個小時。在網路時代，你永遠不可以對自己犯的錯心存僥倖，因為你不知道到底會有多少存檔，在你想做點什麼的時候陰魂不散。

1 這支廣告影片以一位五年級中年人自述，抱怨自己努力當社會支柱，卻被年輕世代當作壞人。可參考影片網址：http://bit.ly/2mzfAG1 。
2 時任黃復興黨部書記長的胡筑生上政論節目表示：「如果軍中每個都是洪仲丘，那台灣早就變成女人國了。」
3 林郁方批評立委競選對手林昶佐長頭髮是心理不正常。
4 丁守中批評立委競選對手吳思瑤是「一個坐四望五的女人」，還自稱「姊姊」。
5 郝柏村接受媒體採訪，抨擊柯文哲是皇民的後裔。

蔡英文：團隊作戰彌補個人魅力

論個人戰力而言，蔡英文可能不見得比朱立倫好到哪裡去，她本身就是一個非常沒梗的人。但在蔡英文的案例上我們可以看到，沒梗沒關係，請交給專業的來，用團隊作戰彌補個人魅力的不足。

小英故事的起點很不錯，二〇一二年雖然敗選，但當時至今累積的所有符號幾乎都還能拿出來用。最經典的，就是當年的敗選感言「最後一哩路」，成為這次選戰文宣中，時不時現身的「鉤子」。所有在那一晚上哭過，並且被那篇感言療癒過的讀者，只要看到「哩」就會被啟動。在這次的三組候選人當中，蔡英文是最沒有被「歷史紀錄」困擾的，她甚至得益於自己的歷史甚多，比如網友翻出來的，她當年質詢時的影片，就以其銳利表現適時平衡了她總是「不亮底牌、不把話說死」的外交官特質。在宇昌案宣判無罪之後，連最大的負面因素都正式成為無效的符號。她的所向披靡並非偶然，那是自接任黨主席以來的漫長積累。

有趣的是，你可以從蔡英文的案例，看到整個競選團隊「對症下藥」的努力。因為她是平板無人味的「蔡教授」，所以有段時間推出了她家的貓「蔡想想」和她的故事，加上繪師「蠢羊與奇怪生物」的主動配合，打造出了不受控的貓耳娘版本蔡英文；沒有人味？那來點貓味吧。而蔡英文總是不輕許承諾的慣性，招致了「空心菜」的攻擊，所以當然要乘著網路風向，打一波「尤達大師」的宣傳，誰敢說尤達空心、優柔寡斷？而聶永真設計的主視覺，也就隨機應變地和「光劍」沾上關係了。

而她個人也不是全無表現，還是打造出幾個令人印象深刻的細節。比如在六月接受《時代》雜誌專訪的那句：「妳回北京後，告訴他們，台灣的下一任總統曾為妳服務過。」就是很好的表現，總統的霸氣與自信可能不見得能改變形勢，但至少可以安定人心；明確點出「北京」和「台灣」的對比，也是朱、宋陣營不可能去做的。

另外一個在形象上亟須解決的問題，是蔡英文時常流露的右派意識，比如五月的「台灣人假休太多」一說，就很容易形成不良的「歷史紀錄」。作為對應的，是需要更加著意加強「體察民間疾苦」的形象。一月這波「主席突然跑到馬路對面」[6]就是很好的故事。這個故事的要素是「自發」、「失控」、「非必要」和「側寫」——蔡英文必須自發做這件事才有意義，因為非必要又失控才能凸顯「親民的意志有多強」，最後，這個故事不可以由蔡英文本人說出來，所以首先揭露的是隨行人員。但這故事最弔詭的前提，就是那個「非必要」：因為贏定了，其實可以不要這麼做的，但你還這麼做就有加分。嚴格說來，這中間的意識形態猶有可批判之處，那是台灣人總是對當權者「心軟」的慣性。（你可以想像一下朱立倫或宋楚瑜做一樣的事情，最好的結果也不過就是「很不錯」，但不會讓這麼多人覺得「感人」，因為他們選不上。）

但這仍然是一小波值得欣賞的操作。無論如何，蔡英文就是必須自己過馬路。無論如何，隨行人員就是要有sense衝到前面護她，並且有那個自覺來擔任敘事者。整個團隊必須先有專業和執著，才有接下來的故事可以說。說故事的困難，在於盡了人事也未必能帶起風向——再一次，看看宋楚瑜；民進黨整場選戰也有不少操作無效的案例——但整個團隊只要有那個技術和意志一再嘗試，總是能擠出一個好故事來。

柯文哲：預約下一場比賽

你沒看錯，我要說的第四位總統候選人是柯文哲。不是二〇一六的，可能是二〇二〇的，或二〇二四的。

憑什麼？憑這位阿伯跑去騎單車了。

我們當然沒辦法證明他想選。四年之後會有什麼變數，連他自己也說不清楚。但重點是，他保持了「可以一戰的實力」，並且漂亮地展示了這種實力。雖然前此幾個月他都有跑輔選行程，但那基本上還是「普通的高人氣」，與賴清德、陳菊等首長跨區輔選的性質沒有太大的差別。然而，當他在選前的最後一個週末，來一趟三百公里的單車之旅時，

---

6 蔡英文結束電視政見會後步出電視台，看到馬路對面有原住民在陳情抗議，無預警地走了過去，聽了原住民的陳情，收了陳情書。蔡英文隨身幕僚之後在臉書上寫了這件突如其來的插曲。

狀況就不一樣了：它變成了一趟別出心裁的、橫跨台北到高雄中間所有縣市的、有故事的「掃街」。

什麼格局的人願意且有能力進行北高兩地間的全線掃街？答案很明顯了。

這個故事的「表」，是一個五十歲的阿伯一日騎三百公里，完成了驚人的壯舉；而同時，他也在臉書上貼文，把這趟旅程說成是「激勵大家，夢想是可以實現的」之勵志故事。（再一次，什麼格局的人會需要激勵全國人民？）但故事的「裡」，則要去看這一路上出來「迎王師」的人有誰，比如去程的彰化，回程的屏東、台中、新竹……幾乎都是激戰中的選區。這對相關的候選人來說，都是求之不得的援軍，互相幫襯之下，行色自然壯盛。

而從這趟單車之旅輾平所有造勢活動的媒體效果中，我們可以看到「說故事比賽」的一個重要性質：不管你要說什麼故事，「你曾經做了什麼」才是底氣的來源。你做過的事情越驚人、越有良善的價值，你越不需要太多的轉化和裝飾（比如蔡英文的豬農[7]），若非如此，即使說故事技術再好，能挽回的也有限（如宋楚瑜）。單車一日北高這件事，就實際的價值來說毫無意義，但它實在太困難、太驚人了，幾乎立刻營造出了一種「除了他，誰也做不到」的印象，付出的努力雖然沒有實際產值，但人們在心理上會更願意回報這種努力，去讚揚你的「事功」。

這個原理，就跟你做一件很屌的事情然後放上臉書騙讚是一模一樣的。這是一場全國等級的騙讚大戲，而且有很大的機率，在四年或八年後你都還會記得——「那個出來選總統的阿伯，有一項『歷史紀錄』是騎單車」。

先像個好人，再來找好故事

而在文章的最後，我必須澄清的是，上述的分析多少是一種後見之明。我們看到一

7 全台各縣市養豬協會理事長、常務監事連署刊登廣告，表態力挺蔡英文，是因為蔡英文在二〇一二年雖然落選，但為了提升豬農競爭力，請丹麥專家來台分享經驗。

個好故事或爛故事成形了，回頭去追溯它的結構和成因，看起來並不困難；但倒過來做就不一樣了，就算是最好的小說家或編劇，也未必能夠精密策劃整個選舉故事。外在環境的影響變因太多了，同樣是馬英九的Long Stay，在二〇〇八年會是好故事，二〇一六年再做一次則會變成重創各地選情的災難。同樣是蔡想想，二〇一二年出來會是輕佻，二〇一六年卻會讓人覺得溫暖。人力的極限，就是調和現有的因素，找到目前的最佳故事，達到目前可能的最大效果，卻仍不能保證獲勝，如同朱立倫再怎麼認真選大概也很難翻盤，但也許可以不要輸得那麼慘。

在這種情況下，「經營」會變成一件更重要的事——你必須非常謹慎，盡可能地對大多數人保持友善，或至少讓大多數人不要討厭你。這場說故事比賽，不是你站在台上，對著評審把稿子背完就可以搞定的，評審會不會出怪聲亂你，還是會幫你放個輕音樂緩和氣氛，全看你的「歷史紀錄」和「事功」來決定。

一定程度上，這其實頗能得出一個勵志的結論。什麼樣的人說出來的故事，會讓所有人都樂於接受？什麼樣的人就算沒梗，也能引發支持者主動找梗？

是的，你需要做個好人。至少看起來像是好人。

而且不是一天兩天，你最好有心理準備，要做一輩子的好人。

那些聽起來就厭煩的老梗道德教訓，此刻卻變得無比的真實。不要問柯文哲的風向為什麼可以這麼順，如果沒有國民黨過去幾年的倒行逆施，他再天才也不能讓人人對他的故事買單。不要問為什麼蔡英文跟朱立倫跟宋楚瑜在網路上面對的局勢差這麼多，請先回頭看看二〇一二年到現在，這三個人分別都在做什麼事情。林昶佐、洪慈庸的今天，也是無數個「昨天」累積起來的。

如果你清楚知道你正在做正確的事，請堅持下去，就算你會輸掉眼前。故事之神終會把你所有經歷的時光，統統還給你的。

案例二——

余秋雨可以教我們的品格教育

網路的消息傳來，就在二〇一五年三月初，中國作家余秋雨將來台舉辦演講，談論自己的新書《君子之道》（如果你拿這個書名去Google，排名第一很可能會是晉江文學城的ＢＬ小說）。主辦單位稱其為「文學大師」，演講的題目是「品格教育•行君子之道」。忝為余秋雨粉絲之一員，看到找他來談「品格」這麼「有創意」的組合，我當然興奮異常，立刻轉貼訊息。在此也就不揣鄙陋，分享幾件關於文學大師余秋雨的品格軼事，提供一點線索，推測可能的演講方向。

余秋雨教我們的第一件事，就是不管做了什麼，盡量不要留證據，也不要承認。比如江湖盛傳，當年在中國「文化大革命」時，他直屬於官方的御用寫作組「石一歌」（這是該寫作組的常用筆名，據說有十一位成員，取其諧音），負責定調、修改評論歷史人物，影射鬥爭現實人物的工作。除此之外，他也有筆名「任犢」，發表許多支持文革黨意的文字。

作為一個品格超卓的中國作家，他自然知道在中國文化傳統裡，知識分子應該永遠站在當權者的對立面，去進行批判。因此無論江湖如何盛傳、多少當年共事過的人都站出來指證，他始終秉持一股浩然正氣，概不承認，並且一律斥為別有用心的汙衊。反正這種私底下為官方效命的活動，本來就難有物證，只要解消人證的可信度，挺一挺就過去了。漂過台灣海峽之後，誰還認得孫光萱和胡錫濤呢？（另一位余先生余光中，也頗善此道，最近幾年在中國風風火火，也沒人知道他當年告密反共。）由此得知，余先生對於中國倫理、品格評價的形成機制有精到的了解，此一講題，捨他其誰？

文革那些事，年湮代遠，無論是否能得到證明，也都是天寶年間事了。余先生的文筆超群，散文常能以豐沛情感壓倒一切，影響力在當代與日俱增，自然也將此技藝投入公共議題的討論，闡述其大師級的思想。因此，在二〇〇八年的「汶川大地震」後，他寫了一封公開信〈含淚勸告請願災民〉，堪稱千古奇文。

這封信的背景，乃是因為汶川大地震震垮了大量學校，民眾才發現校舍是「豆腐渣工程」，導致防震能力極差。不計其數的年幼學童因而活埋，在一胎化政策的情況下，家長們頓失寄望，於是示威請願，要求政府調查這些工程案件，並且公布遇難學生名單。而官方的處理方式非常有中國特色：他們宣稱法院不會受理任何相關訴訟，並且扣留在場採訪的外國記者；隨後，當民間人士自發進行遇難學生名單和工程問題的調查時，這些民間人士被控告「顛覆國家政權罪」。

余先生驚天地泣鬼神的〈含淚勸告請願災民〉，就是在這種背景下寫出來的。此信的重點只有一個，就是希望這些家長不要再示威請願了。而理由則非常富有文學創造力：（一）根據一位佛學大師的說法，這些死難的孩子已經全部成為菩薩了。（二）這些對政府的不滿，都是「反華媒體」的煽動。（三）希望災民們識大體，明白事情有先後順序，支持政府，「以主人的身分使这种动人的气氛保持下去，避免横生枝节。」

面對如此大災禍、大悲慟的場景，余先生果然是有超凡聖人的境界，才能立刻聯想到反華勢力的操弄，大概這些豆腐渣工程，當年也是反華勢力滲透搞的鬼吧！所有的內部問題，都必須導向外部解決，如果國內出了事，一定是國外人不好（比如說美國或台灣），這正是當代中國立足於世界的倫理基礎，余先生對此果然浸淫頗深，舉手投足都是大師風範。想到國事紛亂，人民竟然還在計較自己的私情，也心急到潸然淚下了吧。

相較之下，那些災民家長真是不識大體，品格的修養工夫遠不到家，佛學大師都說孩子成菩薩了，應該要感到平安喜樂，法律、責任之類的凡塵俗世，還爭什麼？台灣向來多風災多地震，就是沒出過這麼一位動心忍性，絕不「顛覆國家政權」的謙謙君子，實在應該慚愧。我等粉絲不禁緬想，如果九二一大地震的時候，余先生人在台灣，我們將能聆聽多麼有智慧的君子之聲啊！

最後，余先生所能教給我們的最重要的事，就是一定要跟中國傳統典籍很熟，至少對書名要很熟。因為一個人有沒有品格，重點不在於他的思想和行為，而在於「他看起來有沒有品格」。要使自己看起來有品格，就是要能夠隨手搬出那些書名來秀，因為現代人很少讀完那些書，你開口閉口就是論孟，看起來就很有品也很有格，大多數人的氣勢一定先矮三截。至於你說要讀到多熟？那倒不是重點了，像是金文明《石破天驚逗秋雨》

那樣指出余先生著作中一百多個文史錯誤，就純然是不理解中國式「品格」的精義，落於瑣碎小道，而無能理解君子之道的高遠境界了。

第四章——懸置懷疑

導言——

信任的有效期限

在我動筆開寫本章導言之前，我做了好幾個深呼吸，來讓自己的心情平靜下來。之所以如此，是因為本章所要談的「懸置懷疑」這個概念，讓我想起一件十分痛苦的往事。

……並沒有。上一段是虛構的。假的假的。

請先息怒，我只是想讓你親身體驗一下小說家如何「使虛構看起來像真的」之機制。如果你是一名不帶成見的讀者，在你讀完第一段的最後一個句點的同時，我想你心裡應該被「什麼往事這麼痛苦？」這樣的疑惑佔據了。在那一瞬間，你大概也沒有餘力想到：「等一下，這傢伙唬爛的吧？」如果你天生冰雪聰明，也許會在幾秒之後，發現這段的寫法和體例與前面的章節都不一樣，從而感到事有蹊蹺。

問題是，在第一瞬間，為什麼你這麼輕易就相信我了？

在小說當中，「信任」形成的第一個關鍵，就是時機。回想日常生活，當我們新認識一個人時，我們的腦袋會處於資料收集狀態，像海綿一樣吸收這個人呈現的所有資訊。如果沒有任何矛盾的資訊出現，我們就會傾向暫時相信他，因為求證或戳破謊言是非常耗費資源的事情，沒必要我們不會想發動。熟練的小說創作者都知道這個祕密，所以我們會盡早把重要的設定帶出來，因為**讀者剛開始進入一個故事時是最寬容的，看到什麼都可以接受，要把握這段黃金時間**。這個「姑妄信之」的狀態，我們稱之為「懸置懷疑」。

最經典的案例，當屬卡夫卡的〈變形記〉。小說的第一句就是：「當格里高・薩姆沙從煩躁不安的夢中醒來時，發現他在床上變成了一個巨大的甲蟲。」人為什麼會突然變成甲蟲？他沒有解釋，也不需要解釋。當它出現在小說的第一句時，即使看起來很扯，你也會姑妄信之。同樣的原理，也適用於每一個童話故事，當我們說：「很久很久以前，有一個王國……」的時候，絕大多數的讀者都不會問：這個王國真的存在嗎？很久是多久？

而「信任」的第二個關鍵，則在於「一致性」，這也是我們在「角色塑造」的章節裡談到的。**一致的設定、一致的角色，才能讓讀者「入戲」，願意接受你提供的虛構前提**。只要在故事的發展中不斷保持一致性——比如說，主角始終是隻甲蟲——，讀者通常就不會覺得違和。而這也是為什麼科幻、奇幻、武俠這類小說，明明寫的都是現實生活中不可能發生的事，你還是會覺得「身歷其境」。因為它們都在故事早期就帶入了設定，然後保持了作品內的設定的一致性。

不過，雖然提早揭露設定可以換取讀者的信任，但也不是要你第一段進來就把設定直截了當地寫出來。我們永遠都要記得：讀者不聽我們的故事，一點也不會影響他們的人生，所以他們隨時可以想走就走。如果你一開場就直接說「這個世界有三個種族」或「某某人的身世非常悲慘」，讀者只會覺得干我屁事。要黏住讀者的最佳方法，是「先給動作，再給設定」，用一個動作畫面開場，然後才順著這個動作來說明我們要帶入的設定。比如一上場就先讓你看到兩撥人拿刀互砍，砍到一個段落，才告訴你：最後逃走的那個，其實是幫主的私生子……在這種結構裡，讀者會先被動作勾上，心裡產生了「現在是怎樣？」的困惑，而這股困惑就會吸引他繼續關注這個故事。

所以，回頭看看卡夫卡的例子，你會發現第一句話裡就至少包含了三個動詞。卡夫卡並不是直白地說「格里高．薩姆沙是一隻甲蟲」，而是先「清醒」、次「發現」、最後才「變成」甲蟲。同樣的，你回頭看本篇的第一段，你現在知道為什麼我要先「深呼吸」了。

說到這裡，或許你會發現，這是一項有點黑的技術，它本質上是利用了人類的良善和認知資源有限的弱點。在本章的兩個案例裡，我們會分別看到這個現象如何形成了閱聽人從媒體中獲取訊息的盲點。在案例一的〈我看不到你，我看不到你，我看不到你〉中，我們會看到一組一致性很強的訊息如何壓倒了另外一組，使得「香港人爭取真普選」的新聞即使有報導，也很容易被忽視。而案例二〈是陰謀論，還是寫爛的小說？〉則可以看到，在「信任」崩壞嚴重的狀態下，「陰謀論」這種粗糙的東西為何能夠大行其道。打造這些「陰謀論」的人，都是擅長操縱「信任」的人。雖然我不是很喜歡他們，但我必須承認，在這個意義上，他們是我們這些小說寫作者的族人，我們的技術都是建立在人類的善良與脆弱之上的。

案例一——

我看不到你，我看不到你，我看不到你

香港人爭取「真普選」的抗爭運動經過幾個階段的波折，終於加溫成為廣受關注的重大事件。從台灣人的觀點看過去自然各有投射，而隨著抗爭的訊息持續發酵，我們的臉書上也演化出了一條有趣的爭辯軸線：有些人抱怨，為何台灣的主流媒體（電視新聞台、報紙……）都沒有報導這麼重要的事件？很快地，另外一種聲音出現了，有些新聞工作者反駁，他們很早就開始關注這個事件，並且也做了相關的新聞，希望閱聽人不要未看先猜，以刻板印象苛評媒體。

這中間當然牽涉到很多媒體議題、政治操作的問題，但這些都非我所長，作為一個喜歡讀小說、寫小說的人，我感興趣的是一個「感覺」上的問題。上述兩造的爭論，很顯然是矛盾的——要不主流媒體有報導，要不主流媒體沒有報導，必有一方的說法為假，

這應該沒有爭論空間才對。但是，雙方都言之鑿鑿，主張自己的說法沒錯。為什麼？

一個小說式的可能是：因為兩個說法都是對的。主流媒體確實「有」報導，但閱聽人也確實「沒」看到。

這聽起來莫名其妙，但在小說的世界裡，卻是每秒都在發生的事。

我們來做一個實驗。請你現在想像一篇你讀過的小說，最好你手邊就能找到這本書。然後，給自己一分鐘，稍微回想一下小說開頭的第一個場景，盡可能想像每一個細節。

時間到，翻開那本小說的第一頁。不用多，再讀一次第一頁就好，邊讀邊對照你剛才的記憶，把你剛才沒有想到的細節圈起來。我想，除了少數天生神力的人以外，你大概都會懷疑自己，天啊，我真的讀過這本書嗎？怎麼漏掉這麼多細節？

無須難過，這世界上絕大多數的人都是這樣的，包括你所知最熱愛小說的人也不能幸免於此。讀者就是不可能記得所有小說細節，一本十五萬字的小說，排列組合出來的詞組、句式和畫面細節絕對比這帳面數字還要多，比高中數學考題「以下圖形有幾個三角形？」還要複雜。你讀得再怎麼精熟，了不起記得上百個細節；更多時候，你只會記得幾十個，甚至只有幾個細節。而這一點也不妨礙你感覺自己「已經讀過這本小說」和「覺得這本小說超好看」。是的，小說讀者們並不貪心，在那幾十萬字裡，他們只需要記得一點點，留下一個自己也不見得描述得清楚的印象，就感到很滿足了。

這就是所有小說家和老練讀者都知道的：讀小說就像做一場夢，醒來你會覺得一切都好真實，但連夢中那隻狗是什麼顏色都不知道。而更奸詐一點的小說工匠更由此整理出兩條互為表裡的小說潛規則：

（一）只出現一次的細節，等於沒有出現過。

（二）如果有些細節反覆出現，它必然很重要。

所以，作為一個小說作者，拿捏某一細節出現的頻率是很重要的。如果某一細節蘊含了重要的意義，想要讓讀者感覺到，我們就會假裝不經意地反覆提及，直到最遲鈍的讀者也有了「喔喔！這個剛才出現過！」的印象為止，比如《哈利波特》裡，哈利額頭上的閃電。相反地，有些不重要，或者我們不太希望你注意到的事情，就只在必要的時候提及，反正再過五頁你就會忘記。而有時候，你會在小說後段讀到出乎意料的轉折，驚覺：「靠，原來這個東西就是之前的那個東西……」這就是人們常說的「伏筆」的威力了：小說家在前段放了一些出現沒幾次的細節，初看時你不會注意，後來他故意沒提，你也就忘了，直到底牌掀開的那一瞬間，砰！全部串起來了。想想你第一次知道《哈利波特》裡面的石內卜是壞人的時候，是否覺得自己「想通了」之前好幾件事？最後你知道他其實不那麼壞時，是否又覺得自己「想通了」另外幾件事？在這裡，最難寫的不是真相大白的瞬間，而是當初那些明明寫了，卻又讓讀者渾然不覺那些細節有何蹊蹺的段落。

言歸正傳，回到「媒體到底有沒有報導香港抗爭」的問題。我們暫時把各方勢力可能對媒體進行的拉鋸操作放到一邊，純粹去討論閱聽人的「感覺」。是的，正如那些新聞工作者的抱怨一樣，很多台灣媒體確實報導了這件事，他們沒有缺席。但是，問題不是「有沒有」報導，而是「怎麼報導」、「何時開始報導」和「報導的頻率」的問題——請把「新聞報導」代換成「小說」，把所有「閱聽人」代換成「讀者」（如果你堅持，也可以想像成「漫不經心的讀者」），你就明白了。於是悲劇（？）重演，人們讀世界並不比讀小說時更較真：最近幾日的新聞報導了一堆細節，但閱聽人只記得一點點，留下一個自己也不見得描述得清楚的印象，就像他們讀《哈利波特》的時候一樣。

於是，當他們說：「你們都沒報導雨傘革命！」的時候，不是在說主流媒體真的沒報導，而是對他們而言，報導的頻率和強度實在太低，以至於沒留下任何印象：潛規則（一），只出現一次等於沒有出現。而在最近幾日的「新聞小說」裡，閱聽人感覺到的主要印象是反覆出現的「恐怖情人報導」，依照潛規則（二），人們自動解讀：這報導反覆播送，原來對主流媒體來說這很重要。主流媒體報導恐怖情人一次、主流媒體報導恐怖情人兩次、主流媒體報導恐怖情人三次……砰！印象形成：主流媒體只重視恐怖情人，不重視香港佔中抗爭。

所以，主流媒體被這樣指責是無辜的嗎？有一點，但並不太多。畢竟它們的確主動選擇反覆強調別的東西，不是嗎？

更何況，閱聽人／小說讀者的記憶力雖不精確，但長久記得的「印象」卻可能很頑強。如果在過去一兩年內，讀者不斷讀到「新聞／小說」展示出「報一堆不重要的新聞，來掩蓋真正重要的社會議題」的手法時（想想鋪天蓋地的黃色小鴨新聞……），人們心裡就會對這些「新聞／小說家」有個底，認為：「原來這就是你們的**風格**啊！」你知道的，每一個重要的小說家都有慣用手法，看多了，讀者自然會記住這人的風格。

而風格是比印象更嚴重的事情，因為它更難建立。等到讀者認定你**就是**這個**風格**之後……你可就得要花很久、很久、很久的時間去做完全相反的事情，才可能擺脫它了。

案例二——

是陰謀論，還是寫爛的小說？

「高雄大寮監獄劫持事件」發生後，由於政府、媒體一系列荒腔走板的處理措施，網路上開始流行一種「陰謀論」的說法：亦即，這次事件其實是國民黨的自導自演，目的在於掩蓋包含服貿審議、吳敦義隨扈肇事滅證事件的新聞版面。支持這種說法的人提出了種種疑點：包括「竹聯幫」與國民黨長久的親密關係、白狼的介入、董念台二〇一四年十二月底嗆聲要發動囚犯鬧房、中天等媒體電訪出入自如，以及六名受刑人在聲明中流露出反對陳水扁保外就醫的態度等。他們認為，這套陰謀論可以完美解釋這種種疑點，因為所有的結果，最終都是「對國民黨有利的」。

這種陰謀論的想法其來有自，在最近幾年，只要有重大事件發生，大家就會直覺開始懷疑「有什麼新聞被蓋了」。這當然是源於長久以來人們對政府、對媒體環境的信任崩壞。最早，我們懷疑政府會為了欺騙我們，讓一個不重要的新聞佔據版面；後來，我們甚至懷疑政府為了欺騙我們，去製造根本不重要（也就是無益於國計民生）的聳動事件，來吸引所有人的注意力。還記得鄭捷事件嗎？在當初，也有不少人懷疑鄭捷家中有黨政背景，所以家人的資訊始終被保護得很好。再加上事件過後的警力擴張，更「坐實」了「這個事件可能是政府故意搞出來的」這樣的想法。這些故事雖然聽來荒誕，但許多人願意相信這麼荒誕的故事，本身就是一件值得注意的警訊，政府和媒體被人這樣攻擊，也是某種程度上的「活該」。

對我們這些閱聽人來說，保持對政府與媒體的警醒、懷疑當然是好事。但懷疑到這個地步，卻不免有點自己嚇自己了。但這些陰謀論乍聽之下卻都超有道理的，好像很難反駁，它的問題到底出在哪裡呢？

我認為，這些說法最大的盲點，就在於對「詮釋」的原理缺乏概念。

詮釋學循環

「詮釋學」是學者在面對文學作品時，為了確定人們所詮釋出來的內容是否正確，而發展出來的一套檢測理論。因為文學作品是一種很麻煩的東西，它非常注重「字面以外的意義」，所以不可能「所見即所得」，這時候，如何分辨「弦外之音」跟「腦補」就很重要啦。這是一門古老複雜的知識，沒有辦法在短短幾千字之內說完，特別值得我們注意的，是詮釋學家發現的一組套圈圈悖論。

詮釋學家發現，當我們面對一部作品的時候，它其實是一連串符號的組合。假設你面前有一篇一萬字的小說，它至少就包含一萬個符號。（當然不止，因為中文並不是一字一符號，有時候許多小符號又會組成一個大符號，排列組合會讓狀況更複雜，所以是「至少」。）所以，我們為了理解一部作品，就必須先理解這部作品中的每一個符號是什麼意思，然後再把它們加總起來。

聽起來很合理，對吧？不，這裡面問題可大了。

最大的問題在於，每個符號並不是只有一個意義。我們都知道，在字典裡，每一個字並不是只有一個意思。而如果平均每個字有三個意思好了，當我們面對一萬字的小說時，眼前就有三的一萬次方種組合。所以，真正困難之處，在於你如何知道每一個字到底該選哪一個意義，我們必須連闖一萬個分岔路口，才能找到作品正確的整體意義。而我們如何才能選對？很簡單，如果我們先知道這部作品整體的意義是什麼，就可以知道作品中每一個符號各別的正確意義是什麼了！

所以，我們得到了兩條互相矛盾的原則：

（一）為了知道作品整體的意義，我們必須先知道作品中每一個符號的意義。

（二）為了知道作品中每一個符號的意義，我們必須先知道作品整體的意義。

冷靜，先把髒話吞下去。正是因為這樣，所以文學詮釋基本上是一個「邊讀邊猜」的過程，我們看到一個符號、一個細節，就照著最平常的思路去猜，直到發現剛剛的猜測與其他符號、其他細節矛盾的時候，再修改自己的猜測。而等到全部讀完一遍後，我們大概會有一個模糊的輪廓，這時候回頭再讀一次，就會常常感覺到：「喔，原來當初那個地方是這個意思！」當你有這個感覺的時候，就代表你第一次遇到該符號時，其實沒有猜對；現在回頭再看，你就都懂了。理論上，順著這個循環反覆多讀幾次，我們就能夠逼近那篇作品真正的意義了。

如果一開始，「整體」就錯了

讓我們回到陰謀論的話題。如果大寮監獄事件是一篇小說，我們如何得知這篇小說，也就是這個事件，背後真正的意義是什麼？

就如同所有小說一樣，我們知道的是故事的外形，差別是我們不曉得角色們真正的動機、或說我們不太願意相信角色親口說出來的動機——在讀小說的時候，我們通常不會懷疑小說家描述的角色內心。因此，網友們整理了許多「疑點」，並且試圖從這些疑點當中，拼湊出合理的解釋方向。以下是網友「李文震」在我的臉書貼文當中提到的八個疑點：

疑點一：一把剪刀直取槍械室，挾持兩名管理員。

疑點二：副典獄長和戒護科長英雄式的自願交換兩名小管理員。

疑點三：喊價後，由典獄長自願入內交換副典獄長。

疑點四：假釋犯白狼出現，到現場尋求歷史定位。

疑點五：被挾持的典獄長和中天新聞獨家電訪。

疑點六：數名黑道和議員入內和人質吃便當，傳出愉悅笑聲。

疑點七：無事可幹的各家妓者在LIVE連線聊天。

疑點八：一國之官成為嫌犯發言人，由各大妓者媒體公正嚴謹，認真的遵守專業倫理，念出嫌犯聲明並在全國播送。

上述的說法基本已經包含了整場事件中，大多數人共同懷疑之處。確實，有些地方真的非常離譜，充滿了道德上、程序上的錯誤。但若要用前述的「一切都是國民黨的陰謀啦」理論來解釋這一切的話，必須先回答一個問題：你確定這些事情，都是出於一套完整的動機和行動計劃嗎？有沒有可能這裡面的每一個行動者都各自為政，為了自己的某種目的做出選擇，然後共同形成了這齣一團混亂、前後矛盾、進退失據的鬧劇？

也就是說，你確定這八個疑點是來自於同一個整體，來自於同一篇小說嗎？

當我們先預設這些疑點必然來自同一篇小說的時候，我們第一步可能就想錯了。而這種錯誤會帶來更多的錯誤：當你預設好了整體，接下來的每一個細節，你自然而然都會選擇跟這套整體意義「最搭」的解讀。也就是說，你是帶著答案去問問題，然後用自己原來的答案來解決每一個問題。追根究柢，你很有可能就從錯誤的預設出發，然後不斷用這個預設從每一個細節中讀出錯誤的意義。疑點一可能是人為疏失，但你會讀成故意放水；疑點二、三可能是某種談判策略或情操，但你會讀成故意放水；疑點四可能是過氣人物趁勢操作，但你會讀成政府黑手介入；疑點五可能是典獄長不專業或受刑人希望趁機放話，但你會讀成政府、媒體和受刑人有共謀；疑點六可能是談判過程順利，但你會讀成受刑人有恃無恐；疑點七可能是記者們素來如此或不夠專業，但你會再次讀成媒體被操控、是共謀；疑點八可能是談判交換的結果，但你會讀成政府趁機攻擊陳水扁。

而這樣的解釋體系最大的問題是，它無法證明、也無法證誤，它是一個自我循環的小宇宙。其他人必須先接受「國民黨就是這麼惡劣，且這麼神通廣大」這個前提，才能讓一切運轉下去。如果我們換一個前提，比如說「民進黨就是這麼惡劣，且這麼神通廣大」，我們就會得到完全相反的故事。人類的腦袋是很有彈性的，只要你先給出整體，我們就能自己為每一個符號安置出我們想要的意義，你要說這個事件是歐巴馬或普京在操盤都可以——因為在地球的另一邊，一定也可以找出很多「好像跟此事相關」的細節，把時間的雷同偷渡成因果的連結，沒有什麼事情是不可能的。在八卦版，不就常有一位wty，把全世界大大小小的事情，全部解釋為共濟會的陰謀嗎？你只要不質疑他的前提，所有推論看起來都會很順利。

是可信的，還是你想相信的？

於是，到最後，你相信的是那個你最想相信的、看起來最精彩的故事。這些陰謀論，投射的是你對某些事物的立場甚至是偏見，它是標準的「相由心生」，外在世界被內在心理運作全部絞碎重組的結果。你不是相信一個合理的說法，而是相信一個刺激的、能夠動員到你的、激起你同仇敵愾的說法。而就在這激昂的情緒裡，你排除了所有不能放進這個「整體」的解讀，甚至將解讀延展到不可置信的程度——即使到最後，六個人全部自殺了，仍然有人認為受刑人只是詐死。

確實，身為閱聽人的我們永遠無法證明，永遠無法否定上述的可能。

但萬一死亡是真的，訴求也是真的呢？

說實話，我對於許多平常關心社會議題的網友，對這一套陰謀論是如此信任感到滿失望的。也許很多人忘記了，在過往的每一次社會運動乃至三一八運動，親官方的陣營也都是用同樣的邏輯在找社會運動的麻煩。對他們而言，一切都是民進黨的陰謀，沒有民進黨，怎麼可能佔領立法院、怎麼可能召喚五十萬人上街頭？他們也是面對著重重「疑點」，從一系列的疑點當中，找出一個他們最願意相信的解釋。如果當時我們不能接受這種說法，為何今天能夠接受自己套用同樣的思路？

我寧可採取這樣的態度：既然什麼東西都無法真正證明，那我們就**選擇相信那個會讓我們的社會更好的解讀版本**。誰知道受刑人心裡到底是不是真心想改革獄政？那不重要，重要的是獄政真的應該被改革。誰知道媒體是不是受人控制才表現成這樣？那不重要，重要的是媒體真的應該被改革。誰知道政府跟黑道有沒有私下協議？那不重要，重要的是這樣的關係真的應該被斷開。

根本無需強求一套整體性的解讀。就承認吧，這個世界總是亂糟糟的。一篇小說有多少符號是被給定的，但現實生活卻無窮無盡。我們的理解和行動，也都只能拆成一塊一塊，分別面對一小部分。

事件過後幾天，在大家差不多淡忘那一夜的激情過後，回頭看去，你或許會開始發現，當時那些信誓旦旦的猜疑和推測，是多麼的虛無和單薄。那就是大多數陰謀論的本質——就像一篇寫爛的小說，初讀的時候熱血奔流，當你回頭重讀時，才會發現那些細節只是利用了你的感官，根本禁不起推敲。

第五章——結局

導言——

混蛋，給我把動作做完啊！

在本書才走到第五章時就討論「結局」要怎麼處理，看起來似乎有點奇怪。但事實上，對寫小說的人來說，在創作過程的前期就先對結局有個概念，才是比較正常的程序。一個好的故事，能夠讓讀者順著一行行字（或者一個個畫面、一句句對白）走到結局時，感受到驚訝、哀傷、悠遠或啟發等各種複雜的滋味，從而使讀者感受到經歷一趟完滿的旅程。

然而，你順著紙頁讀來神乎其技的變化，其實是「逆向演算」的結果。我們不是寫出了「2+3=5」，而是先有個2，決定結局是5，然後問自己：中間那個數是多少？如果你沒有這樣的概念，你寫小說的過程會變成：我有個2……然後咧？接下來是多少？你很容易像無頭蒼蠅一樣亂竄，竄完了結果搞不好還很鳥。把頭尾都先釘死，中間的未知數就會被簡化到有限的可能性裡了。

第二章的導言〈老梗永遠有效〉裡，我們提到了「動機——結果軸線」的重要性。這裡需要進一步說明的是：當我們決定了主角的動機之後，結局就只能落在有限種可能裡了，因為**結局必須回應主角的動機**。我再說一次：**結局必須回應主角的動機**。所有故事的結構，都是一個非常複雜的超大型「動作」，我們得把這個動作做完。這也是為什麼古希臘人會說戲劇的本質是「動作的模仿」。

所以，如果我故事的開頭，是一個家破人亡的年輕人想要復仇，結局必然跟他復仇的結果有關。你如果讓主角復仇到一半突然愛上某人，瞬間決定遠走高飛，讀者就會感覺自己被騙了。你可以試著用「愛情讓他看破一切，放棄復仇」來拗拗看，這樣勉強會跟動機有關，但這就需要更高段的技巧了，失敗率也會更高。一旦失敗，讀者會非常非常生氣。在本章案例中，7-11的「工具人」廣告就是拗失敗的例子，網友們生氣到把它檢舉下架了。

當然，如果你有特別的藝術企圖想要實踐，這條鐵則也並非不能鬆動。只是你得做好心理準備，這麼做的結果，通常不是大好就是大壞，而且後者的機率高滿多的。

但是，「結局必須回應主角的動機」，並不代表中間沒有創意發作的空間。你可以想像一條光譜，最左邊是「動機完全成功」、最右邊是「動機完全失敗」，我們的結局不能離開這條光譜，然而這條光譜上面仍然有無限多個節點可供選擇。你可以讓主角成功但付出慘烈代價，可以部分成功留下部分遺憾，也可以失敗但是留下未來的希望……只要還在這條光譜上，動作就算是有做完。

如果我們的故事不算太失敗的話，讀者的情感會很快地跟主角同步，產生認同，接著主角的動機就會變成讀者的動機。因此，不同的節點，滿足的是不同類型的讀者。在最左端，我們滿足的是讀者最直接的情感衝動：你要的，我統統給你了。這是一般商業性的、通俗性的作品最常見的結局位置。而在最右端，我們要營造的是「崇高的失敗」，讓讀者感受到，雖然你要的拿不到，但經過這一趟旅程，我們更了解人類、命運的複雜性了，你得到的是豐富的「意義」。這樣的作品，通常會帶給讀者「有深度」的感覺。

不過，這不是說你選擇了光譜上的某個端點，就一定會得到那個結果，一切還是要看你的故事是否合理、能打動人心。否則，左端的結局容易變得廉價，讀者不知道為何要看著主角無限虐菜；右端的結局可能讓人莫名其妙，覺得自己什麼都沒得到。所謂的「爛尾」通常都不是結局本身的問題，而是演算到結局的前幾個步驟出了問題。

在實務上，純粹的左端和純粹的右端都是很稀少、充滿危險性的，即便是商業作品也不會讓主角完全稱心如意或一無所有。你可以回想一下自己最喜歡的電影或動畫，幾乎都是在「成功」的那半邊，但同時付出許多犧牲和代價，而這些犧牲和代價又回過頭來強化了讀者對「成功」的滿足感。比如二〇一五年大受好評的動畫《腦筋急轉彎》，就算只是一樁發生在腦內的小型風暴，我們還是犧牲了幻想朋友小彬彬。

在本章的案例〈兩個工具人的故事〉裡，我們會透過兩個題材非常相似、發表時間也非常接近的影片，來讓大家具體感受一下，有沒有用正確的方式把動作做完，對讀者的體驗會有多大的影響。

案例——

兩個工具人的故事

二〇一五年年底，有兩部在網路上引起不少討論的形象廣告問世。先是7-11的系列廣告「單身教我的7件事」第六集〈世上最幸福〉在網路上發布。一個多月後，麥當勞也發布了〈十五年前，我們在麥當勞的約定〉。這兩部廣告除了發表時間相近，廣告的發想概念也有類似之處：它們都是以一名癡情男性為中心的「工具人」愛情故事。

然而，兩部形象廣告發表之後的「下場」卻有顯著差異。兩個故事都是「任性女主角、虐心男主角」的組合，也就是鄉民最喜歡講的「工具人」模組。它們同樣都具有強烈的性別刻板印象，足以觸怒不管在不在乎政治正確的所有人，但〈世上最幸福〉卻在一週左右就被網友的怒潮淹沒，被檢舉到從YouTube下架，現在我們只能看到網友備份的版本；〈十五年前，我們在麥當勞的約定〉雖然也有人不喜歡，但至少官方頻道上的連結至今仍然有效。

比對一下兩作在YouTube上的數據，至今存活的〈十五年前，我們在麥當勞的約定〉官方連結，點閱率是1,131,408，其中2,420人按「喜歡」、3,712人按「不喜歡」；而被下架的〈世上最幸福〉點閱率138,742，其中按「喜歡」者91人，按「不喜歡」者1,034人。由於後者是在事件爆發過後才備份的，所以所有流量都比較低是正常的（事件發酵時吸收了大量流量的原連結已經刪掉了），值得注意的是兩作「不喜歡／喜歡」的比值，前者是一點五倍，表現已然不佳，但後者更是超過了十倍。

如前所述，這兩部影片在「政治不正確」程度上難分軒輊，都屬於發揚異性戀男女性別刻板印象的作法，男生就是沉默、忍耐、有擔當；女生就是任性、嬌美、得人疼。也正因為刻板印象太過頭，就算是不在乎政治正確的一般大眾，也會感到強烈的不舒服，或為男主角的遭遇抱屈、或為女性被那樣描述而感到羞辱。而且仔細想想，〈世上最幸福〉的「任性」還只發生在一個短時間的買票場景裡，〈十五年前，我們在麥當勞的約定〉則是一場蔓延十五年的「折磨」，照理說後者應該更讓人憤怒才是，但網路數據的結果恰恰相反。所以我認為，其中的差別，是〈世上最幸福〉在敘事的技術上出了問題。

第一個技術問題，是結局的處理方式。讀者在進入一個故事之後——不管是透過文字、圖像還是影像——，都會與角色，特別是故事的主角，產生深刻的情感同步。一旦這個同步形成，讀者就會與角色同感、同思，並且開始在乎角色所在乎的事情。因此，不管在〈世上最幸福〉還是〈十五年前，我們在麥當勞的約定〉，讀者都會很快進入男主角的內心。身為一個癡情的男主角，讀者想要的最高獎賞是什麼？當然是愛情修成正果了。而這正是兩作的第一個分歧，〈十五年前，我們在麥當勞的約定〉讓女主角最終選擇了男主角，於是讓前面所有的拖磨都得到了回報。即便故事安排非常牽強，女主角的「突然醒悟」頗沒有說服力，但至少算是回應了讀者的期待。〈世上最幸福〉則相反，它的結局是讓男主角繼續陷溺在沒有希望的戀情中，不但沒有回報，還平添更多折磨，因此從影片第一秒開始累積的不滿，終於在結局爆發，讓許多人按下了檢舉按鈕。

由於形象廣告屬於商業性的文本，因此結局的處理，通常必須要顧及大眾讀者的期待，滿足人們的情感需求，所以我們通常會選擇「好結局」而非「壞結局」。讀者與角色既然深刻同步，那你就不能虐角色虐得太過分，因為你事實上是在虐讀者。以此來看，〈十五年前，我們在麥當勞的約定〉的作法是比較安全的。而像〈世上最幸福〉這樣的「壞結局」，在這樣的場合裡面天生就是有風險的。就算不考慮商業用途，純粹把〈世上最幸福〉當成自由創作來看，這部影片也是不及格的。因為在其他場合的創作中，「壞結局」的功能，通常是讓讀者感受到「崇高的失敗」，從失敗中得到深刻的意義，從而滿足另一層次的精神需求。不幸的是，〈世上最幸福〉的失敗非常愚蠢，結局那句「誰說分手就不能幫她做事情」並沒有任何新意。只是「誰說不能」是不夠的，讀者要看到你明確做出來：男主角幫她做事情的意義在哪裡？身為讀者的我們，被你這樣虐一輪的意義在哪裡？

這結局等於是對讀者說：誰說不能虐你？

既然你都這麼說了，讀者當然不會跟你客氣。

換個角度想，如果我們改寫〈世上最幸福〉的結局，應該是有機會稍微「救」一點回來的。比如像〈十五年前，我們在麥當勞的約定〉那樣，安排女主角回心轉意的橋段。比如安排超商裡面另外一個女生向男主角告白，或者乾脆回應腐女們的期望，讓超商店員跟男主角告白，都會讓讀者心裡稍微舒坦一些。就算不想給出這麼直接的「報酬」，也可以選擇一些「文學性」的象徵處理方式。比如說，在男主角最後一次按下售票機的時候，售票機瞬間故障，幾百張票券像瀑布一般潰堤而出，而男主角站在一旁發愣……我們可以不在故事裡具體拯救男主角，但至少可以表達一點對他的同情心，讓神祕的意外為他掉淚。別忘了，這也是在對與男主角連線的讀者表達你的同情心。

第二個技術問題，則是角色塑造上的失誤。在一個故事裡，最好的角色能夠成為讀者的情感載具，讓讀者「感同身受」。而讓讀者感同身受的要件，是角色的「立體感」——簡言之，一名角色越像個活生生的人，會思考、會遲疑、會掙扎、會矛盾，我們就越覺得自己能夠輕易與之共感。

以此標準來看，〈十五年前，我們在麥當勞的約定〉的表現是遠勝〈世上最幸福〉的。在前者的案例裡，身為關係中弱勢的男主角，在相處的過程中頻頻「回嗆」女主角，而不只是一味寵溺；在關係中主導的女主角，也有大量示弱、扮醜的橋段出現，並且在故事中贈送了一個關鍵的禮物。「立體」也者，就是離開原來的平面，這種「愛你，但嗆你」以及「強勢，但示弱」的作法，就能夠讓角色立體起來。相反的，〈世上最幸福〉的角色都很扁平，男主角一開始癡情，就從頭癡情到尾，就算遭遇打擊也沒有絲毫變化；女主角一開始任性，就從頭任性到尾，絲毫沒有任何付出的細節。這樣的操作方式，只會讓讀者在情緒上的緊張感不斷累積，最終炸裂。當你把角色寫得像個有立體感的正常人類時，讀者很難真的徹底討厭它。但當你的角色扁平有如紙娃娃的時候，讀者就會毫不猶豫地揉碎它。

於是，我們就在這兩部差距不大的影片上，見證了差距甚大的結果。這不是哪一組創作者比較善良的問題，而是扎扎實實的「技術問題」。

第六章——細節

導言——

除了證據我什麼都不想看

如果你是一路看到這裡的讀者，應該會發現，我非常非常強調「細節」或「動作」的重要性。這不是我個人的創見，而是所有以說故事為業的人，都一定會向你強調的關鍵字。我們都知道，人類是一種粗心大意又容易閃神的生物，如果想要讓他坐下來乖乖聽我們說話——不管是為了商業、政治還是純粹創作上的理由——，那必然得花點心思。

最有效的辦法，就是製造「細節」。

在小說當中，所謂的「細節」，最主要的定義是「感官可見之物」。也就是說，「朱宥勳很生氣」是沒有細節的句子，而更接近抽象概念；「朱宥勳握緊拳頭，指甲深深刺入掌心裡」才有細節。我們在說故事時，要盡可能減低抽象概念的比例，把它置換成細節。

這說起來簡單，但做起來很困難，因為一般人在使用語言、文字的時候，會比較傾向用更少的時間完成更多的資訊傳遞，「生氣」總是比「描述生氣時的樣子」要精簡得多。所以，從小我們受過大部分的寫作訓練，包括作文、課堂報告、商用文書乃至於新聞報導，都是以抽象概念為主體的寫法，包括你現在正在讀的這篇文章。

文章裡充滿抽象概念沒什麼不好，如果讀者很認真閱讀，就能夠很有效率地吸收資訊。但很可惜的是，人類是一種粗心大意（以下略）……的生物。數以千萬計的資訊流過每個人的身邊，我們要讓他只取我這瓢飲，靠的就是「細節」。因為當人處於閒散狀態時，唯有夠強的感官刺激才能吸住他的注意力：巨響、強光、香氣、快速閃動的畫面……而在閱讀的狀況下也是如此。同樣是文字，「細節」硬是比「抽象概念」更能攫取人心。

當我們直接告訴讀者抽象概念時，讀者是被動接收資訊，並且會啟動本能的**檢核機制**（你說你愛我？證據呢？）。但當我們給予讀者細節時，它會啟動的是**詮釋機制**，會主動攫取資訊（桌上是溼的，剛剛有人打翻水杯？小明眼睛紅腫，有人讓她傷心？）。在前者的狀況裡，讀者不會全盤相信你給他的資訊；在後者的狀況裡，他會以為資訊是自己推理出來的，他不會懷疑自己的腦袋。於是賓果！我們想講的東西成功繞過防線，置入他的腦袋了。

簡言之：**讀者只想看證據，不想看論點；只想看細節，不想看概念。**

我們要做的，就是把抽象概念「翻譯」成細節。電影《一代宗師》裡的梁朝偉沒說「我思念你一輩子」，而是把一顆鈕扣推向章子怡。動畫《進擊的巨人》裡的三笠話說得很少，但透過一次次的行動，任何人都知道她守護艾連的意志力有多強。二〇一七年初大紅的遊戲「返校」，女主角第一次出場就是從「遺失了白鹿玉墜」開始，讓我們知道那個給她玉墜的人，就是一切情感的核心。

而什麼是好的細節？這其實是個無法給出完整答案的問題。幾乎可以這樣說，全世界所有以說故事為業的人，最大多數的工作，就是想辦法發明出嶄新的細節來表現已有的抽象概念。所以，即便絕大多數的故事都在處理愛、恨、死亡這些老梗主題，但人們的創作卻能夠不斷翻新，因為不斷有新的「發明家」開發出新的細節。

如果硬要整理出好細節的通則的話，大概就是「**意料之外、情理之中**」這八個字了。我們希望讀者初次看到那個細節時，會有驚喜感和新鮮感，但仔細一想卻又覺得非常合理。比如在電影《師父》當中，耿良辰習武之後，立刻辭去腳夫的工作，因為粗重的工作會把身體弄壞。「習武」與「不做粗重的工作」是一個意料之外的連結，但從運動科學的角度來看，卻是在情理之中——因為無論是小肌肉的細緻控制還是重量訓練成果的累積，都禁不起肌肉拉傷的浪費。

在本章中，我們可以透過兩個操作失敗的案例，看到「細節」在使用上的複雜面向。案例一的〈一支MV可以毀滅校譽嗎？——中山女高與〈戀我癖〉爭議〉討論「細節」如何順著群眾的刻板印象，借力使力，從而回頭強化或改變刻板印象的機制。同時，你也可以運用我們之前講過的「敘事框架」來分析〈戀我癖〉這支MV，試著解釋為什麼我會說「它的故事根本沒講完」。案例二的〈連勝文不小心押了什麼韻〉則是讓我們看到故事技術的極限，即便選擇了不錯的細節，「商品」本身的硬傷還是很難逆轉。除了文章本身的論旨之外，你也可以觀察我在行文中如何夾帶了對連勝文不利的細節，以此來傳遞我的政治判斷。

案例一——

一支MV可以毀滅校譽嗎？——中山女高與〈戀我癖〉爭議

音樂人陳星翰與歌手蔡依林合作的單曲〈戀我癖〉MV，在網路上引起了一波爭議。大約在二〇一六年十一月六日前後，粉絲頁「黑特中山 ZSGH Hate」上出現了一則匿名貼文，抗議〈戀我癖〉MV在描寫霸凌情節時，讓角色穿著中山女高制服，認為這樣的設定毀損了校譽，號召校友抵制蔡依林、檢舉影片要求下架。隨後，中山女高校方也跟進發表聲明稿，認為：「影片中對本校聲譽的損害至為明顯，本校嚴正表達不妥並深感遺憾。」並要求：「亟盼該MV製作團隊立即下架該片，並公開致歉，以正視聽。」

這個事件延伸出一系列問題：這樣使用特定學校的元素，真的會損傷該校校譽嗎？在作品中使用具體可辨的名號，是否會有創作倫理上的問題？MV的導演為什麼要這麼做，這樣的創作手法想要達到的效果是什麼？

這些都牽涉到創作過程中，如何使用「符號」，以及如何「再現」特定內容的問題。在接下來的文章裡，我不打算進入太艱澀的理論說明，而將從小說創作者的角度，來推想〈戀我癖〉的MV導演在架構這個故事時可能的思路，以及實際造成的效果。

這支MV會傷害中山女高的校譽嗎？

先回答第一個問題：這支MV會傷害中山女高的校譽嗎？

我的答案是：影響非常小，但並不等於零。

事實上，每一個提及「某一群體」（比如中山女高）的文本，都會成為這個群體形象的一部分。以中山女高在日治時期的前身「第三高女」來說，它在日治時期的許多台灣小說裡，就是「溫柔、美好、知性」的代表，是男性知識分子夢寐以求的伴侶。在這個時期的小說中出現的女性角色，只要是「第三高女」畢業的，幾乎就等於「完美的台灣女孩」。

這樣的形象，或許有部分的現實基礎（小說家們可能真的遇過這樣的女子，或者當時的社會氛圍就是這樣認定的），但很顯然不會是全部的事實（總不可能全校那麼多年的畢業生特質都相同吧）。然而只要有夠多的文本持續強調同樣的特質，它就會形成刻板印象。而刻板印象一旦形成，就又會變成後續的文本可以輕易套用的元素，往後小說家們只要想寫一個「溫柔、美好、知性」的台灣女孩時，只要設定那個角色是「第三高女」畢業的，讀者就自然心領神會。在敘事性作品的世界中，這種作者和讀者的「默契」俯拾皆是，雖不精準，卻是難免之惡，而且因為實在太好用了，所以作者們很容易一直用下去。如此反覆強化，文本甚至可能會回頭影響現實（比如說，第三高女的學生開始覺得自己必須活得像小說裡面描述的樣子）。

但如果純粹聚焦在〈戀我癖〉的事件上，認為這個MV會導致「中山女高＝霸凌」的連結，這又有點想太多了。我上段所談的文本如何形塑某一群體之形象的過程，通常得經過大量文本的反覆沖刷才能形成，或至少需要一部影響力巨大的文本，來讓此一形象廣為人知。我上段談到的「第三高女」就是明顯的例子——現在誰還透過日治時期的小說來認識這個學校呢？這些文本早就不是大眾熟悉的東西了，那些形象也就不再存在。真要說的話，「官夫人學校」或「新娘學校」這樣的刻板印象，可能還比較符合中山女高此刻的群體形象；根據網路上的中山女高校友們的說法，這可是校方常常得意地掛在嘴邊的「期許」呢。（每次集會，師長們那些古代生物出土般的訓話，正是「大量文本的反覆沖刷」。）

要讓「中山女高＝霸凌」的連結形成，不是一支〈戀我癖〉MV能辦到的事情。這不只是因為這支MV實在拍得不怎麼樣，也是因為這個連結本身沒有太多「事證」能夠支撐。如果接下來有幾十上百個文本都不斷重述「中山女高＋霸凌」的故事，那或許有可能建構起此一連結。但由於一般的閱聽人根本不會在看到其一時就聯想其二，這對創作者來說並不是好用的「默契」，也就很難衍生出太多相關作品。

我們只要簡單檢視一個事實，就會知道此一連結尚未成形：這支MV發表於十月三十一日，爭議爆發的時間是十一月六日。也就是說，幾乎有整整一週的時間，這支MV的閱聽觀眾「根本沒有注意到中山女高」，直到校友出來抗議為止。比較好的作法，應該是完全不予理會，或者如網友所說的，趁機重申反霸凌的立場。現在好啦，本來根本沒人注意的，但你這樣一提，從此大家都忘不掉中山女高曾經有過霸凌議題了。

如果爭議因此繼續延燒，導致真的開始有校友、在校生出來發表被霸凌的經驗，而這些文本又被廣傳的話，這些素材就真的可能成為足夠豐沛的「事證」或「部分事實」，而形成後續創作者與讀者的「默契」。如若真有這麼一天，那還真得歸功於這幾天跑出來維護校譽的校友與校方呢。

為什麼導演要這麼做？

第二個問題是：導演為什麼要使用「中山女高」的符號？

我認為在多數的討論裡面，其實都誤判了創作者的想法。大部分爭論的焦點，是「為什麼要製造『中山女高＝霸凌』的連結？」，但在我看來，事情有兩個層次：

（一）導演首先想要動用的是「白衣黑裙」這個符號，「中山女高」是比較次要的，否則大可選擇更具代表性的場景和更清晰的字樣。

（二）與批評者的理解正好相反：ＭＶ作者的意圖並非意在製造「中山女高＝霸凌」的連結，而正是因為在大眾的理解當中，「中山女高≠霸凌」，所以他要利用這個符號做出反差。導演心目中的中山女高，就跟憤怒的校友們想像的一樣，是一個純潔、乖巧、無垢的學校。而且他也很清楚，多數的閱聽人也是這樣想的。

正因如此，「弄髒」它才能造成夠強的衝擊效果。

這牽涉到創作者如何操作「刻板印象」的問題。我們上一節提過，某些反覆出現的形象，會成為作者和讀者之間的「默契」，而這些默契基本上都是建立在以偏概全的刻板印象之上的。創作者就算知道那不是全部的事實，也必須不斷援引這些東西，因為它可以大幅度地使作品精簡，不需要解釋每一個細節，就能使讀者順暢地理解。比如像李屏瑤的小說《向光植物》開頭這段：

學姐，大部分的時間，我都這樣叫她。除了最開始的習慣外，還有一個原因是，叫出她的名字，就像把祕密在陽光下攤開，提到她我會手足無措，會滿臉通紅。對我來說，這是專屬於她的稱號，即使在朝會結束，操場被全校學生佔據的時候，如果我喊「學姐」，我相信，她一定會回頭，她會知道是我。

猜一下，裡面的「我」大概是幾歲？光看這個段落，我想大部分的台灣讀者大概都會首先覺得是高中生，其次才是國中生（這一階段的學長姐制沒有高中明顯）或大學生（沒有朝會這種東西）。在讀者的閱讀過程中，我們會用自己的刻板印象（或好聽點說：生活經驗）來判斷每一個細節，從而推論出故事的樣貌。而成熟的作者也能早一步偵知讀者的解讀方向，來安排「對的細節」，引導讀者前往自己設定的內容。在李屏瑤的《向光植物》裡，這段文字的「我」確實是高中生，作家只要操作得宜，就可以省下解釋年齡的筆墨。

但我們可以仔細想一下，為什麼我們不會認為「我」是高職生呢？上述條件也統統符合啊。

這就是在創作中利用刻板印象的有趣和恐怖之處了。當我們在文本中「再現」某些現實時，這些現實元素必然會穿過特定的濾鏡，而扭曲或篩掉了部分的現實事物。

這是兩面刃。它同時是讓創作者的建構真實感的方便工具，但用過頭了也可能讓作品看起來「假假的」。所以，雖然創作者不能完全拋棄刻板印象，讓讀者什麼都看不懂，但好的創作者也不會完全依附刻板印象。「八分熟悉兩分陌生」會讓讀者更把焦點集中在那兩分特別的地方，以此顛覆讀者的認知。這兩分的特出之處，會讓讀者感受到你是「巷子內的」，知道一些常人不知道的，更添說服力；而這兩分能夠凸顯，也部分要歸功於那八分刻板印象的陪襯。

回頭來看〈戀我癖〉，這支MV的主軸——對不起，這支MV沒有主軸，因為它的故事根本沒講完。它只有兩個清楚但不知道為什麼會拼成一個故事的設定：

A．這是一個關於霸凌的故事。

B．這個被霸凌的人，最後換了一個身體。

在最後的換身完成之後，ＭＶ做了一個「睜眼」的場景，來假裝自己的故事很有張力，但仔細一想就會發現故事什麼都沒說，純粹是裝神弄鬼。為什麼要換身？換了之後會怎樣？處境改變了嗎？反擊了嗎？還是什麼都沒變？改變是正面的還是負面的？怎麼會那樣？……這些結構上必然的發展統統沒有出現，這個故事根本還沒有開始。

大概是覺得這兩個題材湊在一起很酷吧。但只有這樣是不夠的。雖然ＭＶ導演想拍這兩個設定的故事，但我們可以看出他對設定本身並沒有下工夫去研究。當他想要處理「霸凌」時，他援引的全部都是最標準的刻板印象：肥胖、外表不佳、個性軟弱的女生，被一群「太妹」形象的「正妹」霸凌。（看那精美的鼻環、刺青和露腰的襯衫，完全顯示了作者對「壞學生」多缺乏想像力。）而且一談到霸凌，就直接滑入肉體暴力，忽略了傷害可能有很多不同的形式，這與每個學校本身的文化脈絡有關。比如網友所談到的中山女高的「學姊學妹制」，對創作者來說就會是一個更好的切入點。但這些形象實在太刻板，導致這些角色都像沒有生氣的塑膠假人。

導演顯然也知道不能全部照著刻板印象走，所以安排了反差——這就回到了這次的爭議點上來了。他所安排的反差，就是「白衣黑裙」以及「中山女高」（以及一閃而逝的北一女）這組設定。透過白衣黑裙、中山女高的標準形象──這是最泛用的「高中女生」形象，只要看到這身衣服，讀者就會想到這個身分──來呈現「純潔、乖巧、無垢的高中女生」VS「變成太妹，暴力地動手打人」的反差。但由於相關的細節說服力還是太薄弱（你真的有在好好打人嗎，是要用慢動作蒙混到什麼時候），因此做出來的效果比較接近「莫名其妙」而不是「巷子內的」。

由此來看，中山女高校友與校方的反應，其實是有點弔詭的。不是說他們不能感到不舒服，而是如果〈戀我癖〉有任何「消費」中山女高的嫌疑的話，那並不是作用在「霸凌」這個點上的，反而是作用在他們最盡力想要維護的「好學生」價值上。如果中山女高是一個入學成績排名倒數，真的出產了許多剽悍學生的學校，反差自然消失，這部ＭＶ反而不會援引這個符號了。越是強調「潔白」，就越有「弄髒」的操作空間。連在視覺上也是如此──北一女的綠色，並不像中山女高的白色那麼容易連結到「純潔」的想像去。

創作是自由的，批評也是

綜上所述，這次的事件，比較像是一次烏龍的爭議事件。本來沒有損傷的「校譽」，反而在錯估MV的影響力、放大了不重要的細節、採取了守護行動後，遭到了一定程度的反挫。但同時，我也不全同意很多人主張的「創作自由」，認為創作者有權利引用中山女高的符號、中山女高的相關人等不應批評。事實上，創作者確實有自由引用任何符號，但他本來就應該承擔引用符號之後產生的效應，包括各種形式的批評。校方可以要求MV下架，但製作方也可以像現在一樣相應不理，弄個霧濛濛的版本來反擊。——這舉動可是比原MV更好的故事。批評或爭奪詮釋權這件事本身沒有錯，除非你在這過程中產生了愚蠢或邪惡的言論。這裡面沒有哪一方特別占據了道德高位，就端看雙方如何論述、如何表演、如何操作，來爭取更多的人支持。

畢竟，人們的話語和評價，也是「反覆沖刷的文本」，這些都將成為雙方形象的一部分。

附註：

前文引用了李屏瑤的小說《向光植物》，正是一部以中山女高為背景的女同志－純愛小說。希望校方不要怪罪這本很好看的小說。如前所述，正常的讀者真的不會因為看了這本小說，就產生「中山女高＝女同志」的連結，如有恐同師長大可寬心。

案例二——

連勝文不小心押了什麼韻

連勝文競選團隊釋出了最新的ＭＶ〈同一種世界〉。這支影片以街舞為題材，找了方文山填詞、鄺盛導演，陣容頗為豪華。平心而論，這支ＭＶ的歌詞雖然依然有著彆扭的方式押韻，但已經是該團隊目前為止，品質最好的一支宣傳影片了。如果早幾個月出現，效果應該會更好吧。它的基本敘事設計很簡單，就是把「意象」和「商品」並置在一起，只要大家喜歡那些意象，很容易不小心覺得商品還不錯。而這支ＭＶ最聰明的一點就是從頭到尾都沒讓連勝文出現，最接近他個人的符號就是片末的親筆簽名——這很重要，當商品本身太難賣的時候，還是不要讓它出來攪局得好。

所以，抨擊這部影片「不知道重點在哪裡」，是有點辜負了作者（我不知道內部的分工如何，總之就是產出這整支ＭＶ的團隊）的苦心孤詣，以創作者的角度來看，大概也很難找到更好的處理方式了。然而，要說這部影片什麼都沒說，卻也不盡然；它還是說了很多，幾乎像是懶人包一樣為觀眾復習了這場選舉的兩大看點。雖然說出這些話，可能並不是作者的原意，但敘事文本就是這麼好玩的東西，非預期性後果有時遠比「忠實完成任務」要好玩得多了。

這兩大看點，其實就是雙方最被攻擊的兩個點：連勝文的「權貴」身分，和柯文哲「物化女性」的言論。

先從「物化女性」開始吧。「物化」這個詞在這幾個月內眾口琅琅，不過真正用對這個概念的人並不多。最簡化的閹割版定義是：它忽略人的特殊性，把某人的其中一項特質無限放大，好像這個人除了這個特質就沒有別的東西了。它是一個把「人」變成「東西」的過程，人從此沒有「意志」，只剩下「功能」，是一個被拿來使用的「東西」。所以，如果你為慣老闆加班賣命，但他完全不在意你的感受時，你基本上就被物化了，對他來說你除了肝以外別無他物，就是一個會賺錢的「東西」而已。

那「物化女性」又是什麼意思呢？在性別歧視的脈絡下，通常就是把女性的外貌、性徵無限放大，好像女性除了性感的身體以外別無他物，就是一個等待男人「享用」的「東西」而已。以此標準來看，柯文哲之前的失言，老實說還真不無辜。

不過，強烈攻擊柯文哲物化女性的連勝文競選團隊，竟然推出這支MV，就代表他們根本不知道自己正在揮舞的這個概念是什麼意思。大約在影片十五秒開始，我們看到男、女兩組舞者進場，這兩組人穿的衣服就是鮮明的對照：同樣是跳舞，男生組舞者幾乎不露肌膚、不露身材曲線；但女生組一推門下車，就是胸部和小蠻腰。（對數學有興趣的話，你可以算算二十二秒的裸露面積總和。）如果你機車一點，定格在十七秒的地方，你會發現女生的臉還被剪掉了，只有胸部和腰。再往後看，你會不斷看到類似的構圖出現。凡男生出現必定是有臉的（這是一個充滿個人特質的部位），但女生可以常常只有胸部、腰或大腿（她的個人特質？很重要嗎？）。三十秒開始，同樣是進場，男生的動作是和旁人擊掌，但女生是邊走邊脫掉外衣。到了三十七秒就更有趣了，各位，導演現在已經透過攝影機，把你放置在一個色狼的位置了，你的視角基本上緊緊貼著女生的大腿，而這雙大腿其實沒有什麼敘事功能，它不必這樣拍你也能看懂，但它為何要這樣處理？

噢，因為很正啊，很性感。

對，那為什麼不讓男生組舞者裸露上身、穿上緊身的短褲，讓你看他們邊熱舞邊抖動阿姆斯特朗旋風噴射阿姆斯特朗砲[1]？這樣也很性感啊。抖動胸部可以（連舉牌的女生都要邊抖胸部邊搖屁股進場），為何抖動火砲不行？

更何況，作者並不是沒有選擇的，在一分鐘以後，我們也有看到幾位穿著沒那麼暴露的女生，但她們佔的秒數很少，也很少佔據畫面主要的位置。

在這裡，我們看到了作者的選擇：「熱舞的女性角色就是要這樣表現嘛！」和「我覺得觀眾愛看這樣的女生。」所以呢，這支以攻擊對手的性別意識為主打的團隊，在選舉的最後幾天產出了一支MV，透露出的訊息是這樣的：要不是作者覺得物化女性沒什麼

1 從日本漫畫《銀魂》裡來的梗，此砲在漫畫裡形似男性生殖器。

大不了，要不就是作者覺得觀眾（就是你）一定會物化女性。或者都有。

嗯，柯文哲確實失言過，他講話沒經大腦。連勝文團隊不但不經大腦，還花大錢找知名創作者來，把這些東西包裝成ＭＶ。

這是要我們怎麼說呢？

再來，是關於「權貴」。這個詞比「物化」簡單得多，畢竟一個人是否有權（能夠幹掉丁守中而空降）、是否富貴（能夠住在帝寶裡面，搬到一品大廈還很委屈），其實是一目了然的事實。不過從選戰開始到現在，這個團隊一直很想要抹消這個事實，其意志之堅韌，簡直就像是嘗試用念力折彎湯匙。不過這支ＭＶ有趣的地方在於，它透過歌詞和字幕，偷偷把「權貴」和「藍綠」兩個議題混淆掛鉤了起來。有一段歌詞是這樣的：

我們堅決不屑　被你們所分類
住在不同的街　成敵對的誰

這樣分太　累

我們一起擁有　同一種的世界

名字叫　台北

方文山照例還是很擔心我們不知道他很會押韻，所以把前五個短句的韻腳割裂出來給我們看了。這段歌詞，就其意圖而言，其實表現得不算差：它毫無一字提到藍綠，但蘊含的概念就是「不要再藍綠惡鬥了」，而且透過「被你們所分類」這一句，把藍綠惡鬥的責任再次送回反對連勝文的人們肩上。既忠實完成金主的任務，又隱蔽了關鍵字，彷彿自己對此天真無知。鄉親啊，這就叫專業，這就叫軟實力啊。

而當我們把這段基本上就是全曲主旨的歌詞，搭配ＭＶ最後面的字幕來讀的時候，會發現更好玩的事情：

親愛的

街舞　比的就只有　技術跟專注

從不在評分範圍的字　叫做　背景身世

在這裡，我們還是給他押韻的努力一點掌聲，你看為了讓「字」和「世」互相配合，他都把「背景身世」講成一個「字」了，超辛苦的。而此段精華之處在於，這些文字和MV一同建立了一個槓桿，把所有概念都混在一起了。當歌詞說不要分藍綠的時候，畫面告訴我們「一起跳舞吧」，當字幕說「不要管背景身世＝不要罵我是權貴」的時候，他還是告訴我們「一起跳舞吧」。這簡直進入佛家的境界，無論你要討論藍VS綠，還是權貴VS平民，它都透過街舞這個意象來告訴你：不要起分別心，這一切都是分類啊。

於是，一個可怕的等式透過敘事邏輯形成了。如果今天你批評他是權貴，就等於你起了分別心。你起了分別心，就等於你分藍綠。Bingo，你不可以批評連勝文是權貴，如果這樣做，你就是他所「不屑」的那些造成分類的人。你們這些吱吱。

最後，也可能是最重要的一點是，在這支MV的符號操作裡，上述兩個看點都是藉由「年輕人跳街舞」這個意象表現出來的。而且在MV裡，跳舞「只是跳舞」，沒有任何公共性，沒有人講任何一句話，沒有賦予這個意象其他的意義，他們好像只是一直跳舞一直跳舞一直跳舞。是的，你知道我要說什麼了，如果你還記得經典的「一直玩」廣告的話。你會發現，這支ＭＶ基本上就是上一支的續集。

他們基本上還是覺得你們這些年輕人只會一直玩一直玩一直玩一直玩。差別是，當時那支廣告是為了嘲笑你（你看，你都不像我胸懷大志），現在這支廣告是紆尊降貴想要換選票（好吧，既然你們這麼愛玩，我陪你們玩一下好了）。他們好像忘了，在他們最敬愛的祖國文化裡，有一個詞叫作「前倨後恭」。

如果你覺得憤怒，那是正常的。因為，在文本的範圍內，作者擁有絕對的、暴政一般的權力，可以任意詮釋你、曲解你、把你不喜歡的符號黏在你身上。但是，離開文本的範圍，事情可就不一樣了。

事情可以不一樣。韻腳可沒有選票。

第七章——轉場

導言及案例——

任意門的基本原理

在本書談到的所有技術當中，「轉場」恐怕是最具有欺騙功能的一個，特別是在文字作品裡面的轉場。

熟悉影像後製的人，可能會對這個詞感到非常熟悉。在剪接軟體當中，「轉場」是一組可以選擇的效果，能夠接合兩個場景。比如說上個場景在房間、下個場景在海灘，我們就可以選擇「柔化」、「水滴」之類的方式來過渡兩個不相關的場景。但電影發明不過一百多年，在人類漫長的說故事歷史中，大部分的創作者是沒有剪接軟體可用的，於是他們另外發明了一些文字和敘事上的技巧來處理這個問題。

如前所示，**「轉場」的主要功能就是「黏結兩個無關的段落」**。如果你的故事有時空上或邏輯上的連貫性，那就不需要使用轉場技巧（小美把水球丟向小明，小明也笑著舉起了水槍……）。但這麼輕鬆的情況不會天天都有，我們可能想要省略中間發生的情節，想要跳接到另一條故事線，想要使用插敘或倒敘……甚至我們知道自己的論述邏輯有破綻。這些時候，「轉場」就是一招華麗且實用的花槍，可以哄騙讀者，讓他們忽略不合理的斷裂。

因此，「轉場」的最高境界，就是「看起來很順、沒什麼問題」。

具體的作法有兩種，一是「相似物轉場」，一是「回上層目錄」。假設我們有A、B兩個段落，此二段落時空不連貫、邏輯沒關聯，這時候我們就可以選擇：

（一）相似物轉場

當A、B兩段落無法自然黏結時，我們就先去製造一個相似物C。這個C可以是一個物件、一個動作、一個形容詞，當然也可以是一段音樂或一個畫面。只要C是可以在A段末尾與B段前端自然出現的東西，轉場就完成了。A到C是順的，C到B是順的，我們就能製造A到B順暢的幻覺。

比如說，我如果想要黏合前段提到的「房間」、「海灘」，我就可以先描寫主角坐在房間裡，百無聊賴地拋接一顆棒球。反覆拋接兩三次之後，接著描寫一群人在打沙灘排球，球在空中拋接……如此一來，「拋接」和「球」就成了我的相似物C，可以不知不覺把A過渡到B。

這種技巧非常實用，不但可以拿來說故事，也可以拿來銜接每張簡報之間的空隙，或者在主持節目時串場。只要我們能從上一個部分拉出相似物C，就可以連接到任何地方。

（二）回上層目錄

當我們在故事中需要大量轉場時，每次轉場都要重做一個C就會很麻煩。這時候，「建立上層目錄」就會是很好用的作法。想像一下，當你使用智慧型手機時，在不同的APP間切換時，最快的方法是什麼？通常就是先從A回到「桌面」，然後再從「桌面」進入B。這時，「桌面」就是我們的上層目錄，只要回到這個空間，我們就可以任意進入空間中的任何角落。同理，我們也可以在故事裡反覆建立一個上層目錄，每次要轉場的時候就回到那目錄去，這樣就可以理所當然前往任何段落。

最常被使用的「上層目錄」，就是利用時間點來轉場。比如描寫校園故事，我們可以用「段考的時程」當作上層目錄。我們先寫完主角期末考結束的那天下午，被人蓋布袋打了一頓，然後接上「這件事情的遠因，早在第二次段考前就種下了」之類的句子，就能順理成章拉回一兩個月前。這裡要特別注意的是，在同一個故事當中，我們的「上層目錄」要盡量一致，你要用「段考的時程」或「第幾任男朋友」都沒關係，但用下去就不要隨意更換。因為「轉場」的目標就是看起來順暢自然，同樣的目錄能夠讓讀者比較習慣、省力，從而更輕鬆地隨著你的敘述跳轉時空。

我們來看一個台灣文學史上的經典案例，就可以更清楚理解上述兩招的原理了，即黃凡〈賴索〉中的段落：

> 客人走光之後，賴索就急急地鑽進被窩裡，三把兩把地脫掉賴索太太的所有衣服。他太專心在這件事上，竟忘了熄掉桌上貼著囍字的小檯燈。因此新娘在扭動之餘，一面東張西望。
>
> 「啊！」她嚷了起來，「這房間真漂亮。」
>
> 「妳不要亂動，」賴索說，「不然這個扣子就永遠解不開。」
>
> **除了解扣之外，他還會穿針、縫衣服、做體操，這些都是監獄裡學來的。**婚後十五年的這天早晨，他忽然彎下腰，想用手指觸摸腳踝，花了很大力氣，可惜指頭在膝

下二十公分處就再也不聽使喚。這時候，他只穿了一條短褲，露出細細小小的腳，膝頭像腫了一塊硬瘤，賴索太太不解地望著他。

「我年輕的時候，手可以摸到這裡，」他蹲下來，拍著地板，「整個手掌，膝蓋彎都不彎一下。」

「那有什麼用？」他太太說。

沒有用就算了！這時候，他正呆呆地站在果醬廠的過濾機前。壓力表的指針直往上升，底下的馬達發出嘎嘎的聲音。糖液從管子的一端穿進像個巨型炸彈的過濾機，再從另一端出來，然後爭先恐後地流進吊在半空中的濃縮罐，從罐子裡出來後，糖液就再也不是糖液，而是一堆亮亮的糊狀物。整個過程有點類似上帝造人的工程。也許有人會這麼說，胎兒在子宮裡乃是經由血液濃縮而成的。

但是，賴索的母親可不這麼認為。他才七個月大就迫不及待地從他母親的肚子裡鑽出來，對著還沒有準備好迎接他的世界哇哇地叫了幾聲。

在這個大約一頁長度的段落裡，黃凡用三次轉場黏合了四個場景。我們可以把情節畫成一條線，並且把轉場寫在括弧內，像這樣：

賴索新婚↓（扣子）↓賴索婚後十五年↓（沒有用）↓賴索在果醬廠工作↓（母親不認為）↓賴索剛出生

如果拿掉括弧中間的那三個「相似物轉場」，這幾段不管是時間還是空間都瘋狂跳躍的段落，讀起來就會令人費解。但加上轉場之後，一般讀者就不太會感到阻礙了。

而在政治上，利用「轉場」來偷換概念，更是一種常用的技法。其中佼佼者，非龍應台莫屬。龍應台的技術其實是「相似物轉場」和「回上層目錄」的混合形態，她擅長以漂亮的抽象概念作為轉場樞紐（像是「文明」、「品格」……），而由於這些抽象概念指涉的範圍非常大，所以能夠左右逢源，選擇她想要的攻擊角度。比如二〇〇六年這篇批評陳水扁的〈今天這一課：品格〉就有這樣的段落：

一個國家的元首，在我的理解，有四個核心的責任：

第一，不管國家處境多麼艱困，他要有能耐使人民以自己的國家為榮，使國民有一種健康的自豪感。

第二，不管在野勢力如何強悍，他要有能耐凝聚人民的認同感，對國家認同，對社會認同，尤其是對彼此認同。

第三，他要有能耐提得出國家的長遠願景。人民認同這個願景，心甘情願為這個願景共同努力。

第四，他不必是聖人，但他必須有一定的道德高度，去對外代表全體人民，對內象徵社會的價值共識。小學生在寫「我的志願」時，還可能以他為人生立志的效法對象。

以這個標準來衡量帶領我們進入二十一世紀的這位元首，是的，他近乎災難性地不及格。

當他在空中做外交「迷航」的時候，當他讓霸氣的美國政府直接或間接羞辱他的時候，台灣人沒有自豪感可言，只有沉默的屈辱。當他用充滿暴力暗示和誘引衝突的語言對人民說，「我願意犧牲，扣扳機吧」的時候，台灣的社會是被精心設計地撕開割裂，而不是和解和凝聚。當他對一件又一件的弊案無法澄清，前後矛盾，而同時又拒絕反省的時候，他不是一個道德典範，他是一個典範的顛覆與嘲弄。

至於可憧憬的願景——誰說得出什麼是台灣的願景？這個社會，已經有好幾年，沒有人在談願景了。舉國的力氣，投擲在對一個人的爭執上。一個應該是解決問題的樞紐，變成問題的來源。

我們賦予元首的任務，是讓他以超出我們的道德力量去做教育孩子的人格典範。是讓他以高於我們的眼光，為我們找到方向，指出夢想之所在。是讓他以遠比我們開闊的胸襟去把那撕裂的，縫合；使那怨恨的，回頭；將那敵對的，和解；把那劍拔弩張的，春風化雨。

他回報我們的，卻正好是一切的反面。

這是一個非常完美的「以轉場偷換概念」的案例。首先我們看到前面四個「核心責任」，那就是她先行建立的「相似物」和「上層目錄」。這段文字真正的目的，是為了批評陳水扁的「迷航」、「扳機」，以及他不符合龍應台道德標準之處。這些批評不是完全沒有道理，但與更前一段的文字沒什麼關聯，所以必須轉場。更重要的是，純粹的批評力度不夠，龍應台試著透過轉場，來把批評上升到在所有價值當中都「災難性地不及格」的層次，而不只是民主國家常見的間歇性政治危機，不只是「正常能量釋放」。

但如果我們細究四個「核心責任」與後繼段落的內涵，就會發現巧妙的挪移。第一個責任龍應台談「自豪」，然後用「迷航」來說明陳水扁在此不及格，這不能說是錯誤，但所謂的「以自己的國家為榮」真的只憑一件事就能否定嗎？從政策面來說，龍應台所不喜的本土化運動以及相關的教育改革，不也是當時執政者在「自豪」工程上的實績嗎？同樣的邏輯也能用在第二個責任「認同」上，陳水扁所代表的政治主張本來就意在建構台灣的本土認同，即便實踐的過程產生「衝突」或「道德問題」，也不能打消前面的政治主張，就像一個人愛吃炒飯的事實，並不會因為他劈腿了好幾個女生而改變。但龍應台偷換了「認同」的意義：第一次提到「認同」的時候，意思是共同體的歸屬感；批評陳水扁提到的「認同」，則把這個詞的意思變成了「道德上的同意」。是的，人們道德上不會同意弊案；但這不能拿來證明陳水扁在本土認同的政策是無效的。

而後面兩個「核心責任」就更等而下之了，龍應台連羅織與陳水扁有關的事蹟都懶，直接用沒有論證的斷言帶過去。

這樣利用轉場來偷換邏輯，是先把小範圍的人事物放到大範圍的抽象概念裡，再隨便從大範圍中挑出另外一個小範圍的人事物來，要求被批評者負責。這就好像是說：「龍應台是人類。人類裡面有希特勒。這樣我們怎麼能信任龍應台？」「人類」就那個大範圍的抽象概念，可以拿來轉場。

而大家比較記憶猶新的案例，或許可以從二〇一六年的總統大選裡找。在二〇一六年初的第二場「總統大選電視辯論」結尾，宋楚瑜談到了「黨產」議題的發言，就是一個更優雅有效的案例。這個發言的時機有點尷尬：蔡英文提問有關黨產的問題，但這議題跟宋楚瑜所代表的親民黨沒什麼關係。如何把話頭拉回自己的主場，並且透過這個議題彰顯自己，是非常困難的。站在宋楚瑜的立場，他不能掉入二選一的陷阱。（支持清算黨產，那你跟民進黨的立場有何不同？反對清算黨產，那你又跟國民黨有何不同？）這位大內高手，就巧妙地利用「轉場」作為槓桿，把話題導向了二選一之外：

蔡主席，你也有黨產、我也有黨產，你曉得嗎？國民黨有的是金錢上的黨產，民進黨有的是黨先進當年為基層民眾發聲，為台灣民主本土化努力的精神，但是你們好像不太重視。國民黨黨產最好的是孫中山先生的三民主義思想，讓平均地權、主權在民、天下為公的作法，國民黨你們丟了之後，我很願意把它變成親民黨的黨產，這個黨產是無形的黨產。李白有首詩：「千金散盡還復來。」金錢不重要，但是真正政黨的基本主張，真正能傳之久遠。親民黨是理性中道真正優質的，把人民的小事當成政府的大事，我們願意把這兩個對立的政黨找回來，因為那才是民眾真正在乎的價值。民主的價值是我們應該珍惜的。

這裡的「轉場」樞紐，就是「黨產」。但是宋楚瑜偷換了「產」的意思，把原本有形的產業、財產，擴大成「無形的價值」，接著就能轉回來標榜親民黨的「理性中道真正優質」，並且同時踩了國民黨和民進黨一腳。仔細看看，如果沒有前兩句「蔡主席，你也有黨產」以降的操作，這段最後兩句親民黨的自誇根本毫無出現的脈絡。然而轉場之後，一切看起來就變得順理成章了。同樣的操作，在廣告上也很常見。比如二〇一六年底，瑞穗鮮乳推出的「【瑞穗調味乳】一起調和辦公室的氣氛吧」系列廣告，就是以「調和」作為轉場的樞紐——要賣的是調味乳，廣告拍的就是一系列關於辦公室的「調和」故事。

掌握上述技術之後，就等於掌握了極低成本的任意門。除非是在敘述技巧或邏輯思維受過專業訓練的讀者，大多數人很難察覺這樣的滑移。不過，雖然我上述所舉的例子以負面為多，但它在某些時候也是會有正面作用的。比如在維吉尼亞・吳爾芙的意識流名作《戴洛維夫人》當中，就大量透過「轉場」去黏合不相關的場景，從而迸出新的組合效果，這是傳統的線性故事沒辦法做到的。技術本身是中立的，就端看人使用它的目的是什麼了。

附註：

由於「轉場」技巧的操作方式並不複雜，無須以太多案例來延伸說明，所以本章直接將導言與案例合併為一篇。

第八章

文字風格

導言——

別讓法師坦前排

「風格」是一個人人都會講，但大部分人都不知道正確定義的詞彙。事實上，它在文學上的定義非常簡單：風格即「**持續的偏離**」。這裡的關鍵字有兩個，一是「偏離」，意思是創作者在思路、選材、技術或遣詞用字等處，有著與常人習慣不同之處；二是「持續」，如果只偏離一次兩次，那沒辦法形成鮮明的風格，唯有這種偏離持續發生，而且對著同樣的方向偏離，才能夠讓讀者感覺到。

舉例來說，村上春樹的作品在台灣多半由賴明珠翻譯，形成了許多文青熱愛模仿的「村上腔」。如果我們把所謂帶有村上腔的句子整理出來，就可以歸納出風格之所在——賴版翻譯的村上腔，特徵之一就是大量違反中文直覺的語尾助詞，像是「呢」、「啊」、「吧」。也有些風格不只是作用在詞語層次，比如張愛玲的模仿者發展出的「張腔」，就必須要設法用一種「看盡世事的蒼涼視角」說話。

事實上，在文學創作裡，文字風格並沒有想像中重要。因為文學創作者追求的終歸是藝術效果，「寫得好」比「寫得有風格」更值得追求。否則只要做到「持續的偏離」即是風格，何難之有？長輩圖文也是風格強烈的文本啊，我們也不會因此就覺得那些東西寫得好。

但如果你試圖要「賣內容」，風格就絕對是有奇效的強大技術了。內容之所以難賣難推——不管是書、電影、知識內容——，在於它缺乏了一般商品交易時的必要條件：也就是「穩定的預期」。當我去超商買一瓶可樂，還沒打開之前，我就知道我會喝到什麼。就算是第一次去某家餐廳點了牛肉麵，我也大致知道等等端上來的會是什麼，縱有好壞之別，但總不至於看到一堆飯粒在裡面漂。然而所有「賣內容」的產業，卻很難擁有這份預期，因為不翻開一本書親自閱讀以前，讀者是不會知道自己喜不喜歡這本書的。

因此，「風格」最實用的一點，就是**協助消費者建立預期**，「**持續的偏離**」很容易**轉化**

為「**穩定的預期**」。九把刀的讀者沒辦法猜到新書的內容是什麼，但心裡很清楚，這本書的斷句和分段節奏一定會很快，所以讀起來沒什麼負擔。而不喜歡大量長鏡頭定格的觀眾，也會知道要避開蔡明亮的電影。

印證到近幾年的幾個社群行銷案例，更可以看見「風格」的強大力量，明確的風格即是讀者的記憶點所在。比如推廣客語的「客家小吵 Hakka Fighter」，從視覺到選材都有著獨特的幽默感；時事和新聞評論節目「眼球中央電視台」，更是一路反串到底，從主播的說話腔調、新聞的內容選擇和腳本的用詞（你可以數一下他用了幾次「令人髮指」）都精心聚焦在獨特的反串範圍內；「我是兩個孩子的媽」更是輕巧地利用反婚姻平權陣營的一段套路經營出一塊不小的言論陣地。

即便在類似的主題之下，只要能夠做出差異，也能切出自己的分眾。比如「每天來點負能量」、「政大厭世陣線」、「厭世動物園」和「厭世哲學家」都共享了同一波青年對世事充滿無力感的感覺結構，但從表現媒材、敘述手法到援引的資源都有足夠的區別，因此並不會使此一感覺結構過度消費而貶值，反而能夠各有利基。

總而言之，「風格」在內容產業或社群行銷上，是一非常有效的武器。在構思「產品」的前期，最好就先定調自家產品的風格——這包括我們要做什麼（視網膜一直用做作的國語腔調說話）、怎麼做（用圖像、文字還是影片？需要設定什麼特色？），也包括絕對不做什麼（厭世動物園的粉專不能隨便發表動輒萬字的論述）。身為法師，就好好把魔法數值點高，不要沒事去加什麼攻擊力。

既然風格是「持續的偏離」，那就要滿足這兩個條件。在這當中，「偏離」會決定產品的發展上限，因為偏離的方向必須受到此時此刻的市場結構考驗。比如在三一八運動中爆紅的王炳忠，他的歌聲和說話方式都有顯著的風格，但在台灣整體政治環境愈趨本土化的結構下，他的市場上限大概也就是新黨的支持者水準。相對而言，風格鮮明的政治評論品牌「人渣文本」就有更高的市場上限。

而「持續」則是這類經營中，很難做到的一點。所謂「路遙知馬力」，在此就是風格的經營者能否長時間地「持續」。一旦風格前後不一，就會對經營者造成巨大的傷害。比如九把刀的外遇事件之所以重創他的聲譽，原因之一就是與電影《那些年，我們一起追的女孩》所營造出來的專情形象落差太大。我們也可以想像，如果「眼球中央電視台」有天突然都不反串了，「我是兩個孩子的媽」突然反對婚姻平權，那這兩個強大的社群品牌也一定會很快煙消雲散。

在本章的兩個案例裡，我們會談論阻礙人們形成風格的「正確」執念，以及一個因為時代變遷，而讓我們無法準確理解其「風格」所在的案例。〈國文老師，你們錯了：「正確的語言」並不存在〉旨在提醒大家不要過於糾結文字的「對／錯」，依照脈絡進行準確操作才是最重要的；〈賴和的「自由」，台灣人曾有的語感〉則談論一種曾經在台灣存在過的文字風格，以及在不同脈絡下，人們對同一個詞彙的不同感覺。這些討論雖然看似不那麼「實用」，但從「錯誤的東西」和「陳舊的東西」汲取靈感，形成可操作的風格，一直都是創作者的重要思路，你或許可以試著從中構思某種可行的風格。

案例一——

國文老師，你們錯了：「正確的語言」並不存在

二〇一四年十二月十九日，《聯合報》的一群記者拼湊了一篇討論「語言癌」的報導〈「進行一個XX的動作」你得語言癌了嗎？〉，宣稱這篇文章是「本報剖析『語言癌』的生成原因及治療解方，還給語言乾淨、健康」。我說「拼湊」不是因為它掛了好幾位記者的名字，而是它慘不忍睹的論證方式：短短一篇千把字的文章，它引用了十二個例證，有現象觀察（阿基師）、有名人說法（余光中、李家同）、有教育人員的判斷（彰師大教授、景美女中教師），而且這十二個說法基本上還是一盤散沙，除了指責現代人語言使用不正確以外，毫無共通之處。到底問題出在網路用語還是媒體用語？到底這種問題的根源是西化還是滑手機？到底問題是「現在的年輕人」，還是二十七年來都如此？

而且為什麼到了文章最後，語言使用不正確的議題又拉出了「無法思考論述」？哈

囉，你用這種水準的「思考」、「論述」來指責別人不會思考論述，這是某種行動藝術嗎？

不管啦，反正罵年輕人不會講話就對了。

我把這種觀念稱之為「國文老師的『正確語言』迷思」。這是一種好發於國文老師，或者幻想自己是國文老師的社會賢達，腦袋裡常出現的幻覺。（請有水準的國文老師不要生氣，如果你一眼就知道「語言癌」這篇文章有多扯，那就不是在說你。）在他們的幻覺世界裡，這個世界上有一套絕對正確的語言用法，只要學生或所謂的「時下年輕人」日常使用的不是這套語言，他們就憂心不已，開始找各種年輕人的文化習性麻煩：一定是因為你們都上網啦，用智慧型手機啦，看漫畫啦，打電動啦……

已經有不少人批評這種錯誤的歸因方式，但我想要談的是更根本的問題：這種「正確語言」的假設從頭到尾都是錯的。

這世界上根本沒有「正確」的語言，只有「適合」的語言。

讓我們從文學語言和日常語言兩個層面來觀察，就會明白國文老師們的迷思為何毫無道理了。文學語言基本上不是純粹為了溝通存在的，它為了展示語言的美感、探索特定幽微的情感、或者是情緒，本來就允許各種對語言大刀闊斧的改造。在台灣的小說家當中，至少就有王禎和、王文興、七等生、舞鶴、施明正等人，是因為文字上的詭異精奇而名列文學史經典的。在他們的小說裡，「正確」的語言基本上不存在，只有「如何錯、往哪錯、錯出什麼特殊效果」的問題。比如施明正〈指導官與我〉就有這樣的句子：

接受看似曾經學過正統軍法訓練，或許也甚把這種全世界最嚴厲的嚴刑峻法的職責視為應該神聖，可是不曉得到底有過幾個能夠客觀、無私地不摻一絲絲從十三年前的民國三十八年大陸淪陷，因之當然視匪為人間極惡，非加以剝皮袋粗糠而又無逮到正在蹂躪錦繡河山殘殺同胞的罪魁惡首，只好畫餅充飢製造一些酷愛自由、不知天多高地多厚、在戒嚴令下不應碰這也不能踩那，要不然就會在細作密告獎金之下經過偵訊處的烤爐被壓揉成扁扁的一塊餅，加了發粉成為一座澎澎的麵包。

超奇怪的對吧？如果覺得自己的短期記憶很強的人，你可以挑戰一口氣唸完，然後看看自己最後是否能夠記得前面在說什麼。我們當然可以把它改寫成簡單明瞭、符合文法的「正確」句型，但是施明正這個夾纏不清的版本，卻很生動地凸顯出了我們小說主角被長期跟蹤、審問、囚獄之後，整個人心神崩壞的樣子。你光是唸過去，就會覺得正在敘述的這個人怪怪的，「壞掉了」吧？這就是「錯誤」語言的效果——是的，如果要用不正確的說話方式才能表達作者想要表達，就意味著這種方式才是最合適的。

再舉個沒那麼激進，比較接近「正常」小說的例子。陳映真的〈山路〉寫一名老婦人，在少女時就因為愧疚和愛慕，委身於一個被逮捕的政治犯的家庭，孤獨、辛勞地工作了幾十年，終於撐起這個家；然而那個政治犯最後被槍斃了，終究沒能回來。在她臨死之前，回想到當年自己做下這個決定的心情，她說：

我以度過了五十多年的歲月的初老的女子的心，想著在那一截山路上的少女的自己，清楚地知道那是如何愁悒的少女的戀愛著的心（切をいこ女の戀心）！

你看這裡出現了好幾個「的」，超冗贅的是吧？讓我們把它改成精簡的版本吧：

五十年後想起來，我很清楚知道少女時的我戀愛了。

你可以感覺一下有什麼差別。相信你的直覺：哪個版本的少女比較有戀愛感？比較有憂傷感？比較有回憶當年，甜美與苦澀一起湧上，但仍不後悔的執著感？我讀陳映真版本的時候很想哭，如果他改成精簡不冗贅版本我應該會很想哭爸。第二個版本顯然很正確，但一點都不適合這個故事情境。所以，**對文學語言來說，得到好的文學效果是最重要的，正不正確根本不需要考慮**。

也許有些人會說：可是你說的這是文學的例子啊，比較特殊，如果日常語言不正確的話，會造成溝通上的阻礙。

真的嗎？

有空的話你可以做個實驗，隨便找兩個對話中的人，然後錄音。不用長，錄二十分鐘就好，接著你可以試著把它寫成逐字稿，每個字都要「原音重現」。你就會發現，我們日常的語言真的是混亂到不行，充滿了贅字、虛字、省略、跳躍、文法錯誤、前後顛倒、斷手斷腳……但神奇的是，我們每天都活在這樣的「災難」裡，卻幾乎不會誤解對方的意思。如果日常語言的目的是溝通，顯然正確性不是溝通的必要條件；至少不必「很正確」。

比起正確，更重要的是「脈絡」，也就是在什麼場合、對什麼人、我要講什麼話。你要考慮對方是否有足夠的背景資訊能理解你在說什麼，你要考慮話說出去的情感效果，考慮彼此的關係，考慮你的自我形象，考慮你是否有求於他，或者他是否有什麼目的……這些因素都會影響我們說話的方式。相較之下，文法是否正確是非常低階的考慮，如果能夠達到溝通的基本需求，被犧牲掉也是無妨的。

而且在中文的習慣裡（我懷疑這有日語的影響，但不確定，留待語言學家解答），通常越長的句子就顯得越溫和、謹慎、禮貌、帶感情；越短的句子就越冷淡、理智、果斷、無感情。所以考慮脈絡和習慣之後，你會發現在某些場合，贅字是必要的，比如說下列的句子：

「去吃飯。」

「去吃點東西嘛，好不好？」

第一句話就比較像是父母命令不乖的小孩；第二句話比較可能出現在說服不想吃東西的男女朋友的場合。如果你用第二句話跟不乖的小孩說話，我們會覺得你很寵他。如果你用第一句話跟不想吃東西的男女朋友說話，我們會覺得你很霸道或不善於表達感情。這裡沒有對錯的問題，只有你是什麼樣的人的問題——你想寵小孩卻用第一句話，你的語言使用就是失敗的。不是因為不正確，而是因為不適合。

如果加上網路上大家慣用的表情符號就更讚了，你可以感覺一下：

去吃飯^^

去吃飯:)

去吃飯:(

去吃飯==

去吃飯。

如果你不熟悉這類符號，你可以猜猜看這幾個例子裡面，哪一個態度最兇，哪一個最友善。網路的語言真的比較粗糙嗎？我不這麼認為。至少比某些東拼西湊的新聞報導細膩多了。

而在〈「進行一個XX的動作」你得語言癌了嗎？〉舉出的例子裡，很多時候真的只是脈絡和習慣的問題——說實話，我想大部分的台灣人，應該還是比較喜歡聽到服務生對你說：「現在我們為您進行一個點餐的動作。」而不是站在你旁邊，然後說：「請點餐。」即使後者有個請字，聽起來還是很硬，好像是他在命令你而不是為你服務。而當記者、主播在直播的壓力下，卻又必須把句子說得長一點，好營造慎重的氛圍時：「府院高層將對爭議已久的內閣人事案進行協商」，會比「府院高層將協商爭議性的內閣人事案」更適合。當然，後者充滿了語言瑕疵，而且真正的說話專家必然能夠找到又慎重、句子夠長、又不會充滿廢話的表達方式——但是要求每一個人都是說話專家，真的不會太過分嗎？更別說，你到底付人家多少薪水做這件事啊？對於時薪一百一的外場服務生和月薪五十K的記者來說，他們已經運用自己有限的語言素養，盡可能地敬業了，這份心意，一個真正對語言有深刻理解的專家是該感受到的。（是的，這也是脈絡。）

正確的語言並不存在，請仍抱持著這樣幻想的國文老師們醒醒吧。繼續在這方面執著、挑毛病，然後想出一大堆莫名其妙的「原因」，只是讓人知道你們不懂文學，也不懂日常生活，卻狂妄得想要指導別人的語言而已。

案例二——

賴和的「自由」，台灣人曾有的語感

1.

二〇一七年伊始，總統府的春聯就鬧出了「自自冉冉VS自自由由」的爭議。關於爭議本身，我沒有什麼好說的，事實就是府方搞錯了，沒打算改，一群人就自動開始跟拜。然後不意外的是，所有常見的辯護爛招都出籠了。扣統派帽子的、主張「多元詮釋＝詮釋範圍無限大」的、說語文不需要標準答案的都來了。

但很抱歉，這件事剛好就是有標準答案的事。今天如果是隨便一個人自己造詞「自冉」，那我們確實沒什麼好說對錯的（頂多就是評價一下這個詞好不好用、精不精準）。既然你引用的是賴和，標準答案就是賴和最早的用字和想法。他人不在了，我們還可以用現有的文學知識去逼近。在這一點上，「活水來冊房」的文章比我專業十倍，我沒有更好的想法。

我想補充的是關於「語感」這件事。我發現很多人的糾結點，在於懷疑：「賴和真的有可能在詩裡面用『自由』這種詞嗎？」這詞如此直白，沒有「詩意」，怎麼可能出現在那裡？或者有人直接就說，這讀起來就是一首爛詩，因為用了這麼直白的詞彙。

爛不爛我無法置評，古典詩不是我的守備範圍（我個人不喜歡這首就是了）。但我想說的是，當我們要評價「自由」一詞入詩的效果時，要考慮的是寫作當下的語文習慣。

別忘了，那可是一九一六年的台灣。中國革新文化的運動如火如荼，日本的近代化進程也還在衝，正是各種思想強烈激盪的時刻。台灣的知識分子也在這波浪潮中，吸收來自各方的思想。對他們來說，「自由」是一個新鮮、深邃、打開了全新世界觀的概念。

我們現在看「自由」覺得直白淺陋，是因為這個詞已經被反覆提起，被「用舊了」。

人類的喜新厭舊，在用詞、符號的使用上也並不例外。你只要想想「大平台」、「因為你只想到你自己」或「不然要幹嘛」之類的梗就知道了，這些符號就是被密集使用之後，迅速「舊掉」的例子。你可以想像二〇二〇年之後，大家聽到這些詞都會很無感。有些詞的耐力比較強，可以不斷激起人的情感，要用很久才會舊，比如二〇一六年很流行的「厭世」，但總有一天還是會陳腐的。

「自由」對一九一六年的台灣人來說意味著什麼？你可以試著假想自己從沒見過這個詞，活在一個非常封建的傳統社會當中，然後第一次看到這兩個字、並且得知此二字定義的時候，你會有什麼心情。這個變化可是非同小可，你可能是第一次明白：原來我可以有自己的政治意見、原來我可以自己選擇婚配對象、原來我可以決定自己的人生道路、原來長輩說的不見得是對的、原來那些「自古皆然」的事，在我身上可以有不一樣的作法。

嘿，這可不是一點點差別而已。考慮到這種衝擊力，「自由」二字不但潮到出水，而且意味深長，幾乎是整個重構世界觀的方案。如果二〇一六年的我們要體會這種感覺，可能要想像一下自己小時候第一次學會「解構」、「賦權」、「規訓」這類理論名詞時，所感受到的洞見和震撼。（別忘了，「自由」一詞在當時，就跟上述這些詞一樣，是知識分子才會掛在嘴邊的話）然後再乘個五倍吧，畢竟上述這些東西並沒有新到真的改變你的世界。

所以，「自由」入詩，在時人讀起來，可不是只有「直白」的感覺而已。它比「直白」更凶猛，更銳利，甚至更挑釁。對於看慣了古典詩文的保守派文人來說，這個詞就猶如「性解放」之於護家盟。

賴和此詩的作法，其實是在中國、台灣等地都曾發生過的古典文學革新浪潮（是的，不要相信課本的唬爛，古典文學並不是傻傻地站在那邊被白話文學打爆，他們也有自己的革新運動）。不管是詩、文還是戲曲，他們都試著熔鑄現代文明的新詞進入作品中，想要證明這種文學體裁也能跟得上時代。基本上就是試著在Windows XP上面裝一堆新的驅動程式，試著再戰十年的概念。

2.

同時，我們也要理解，賴和及其同代人的語感，和我們是非常不同的。表面上寫的都是漢文，好像幾乎都可以看懂，但在關鍵處有許多微妙的差異。依照陳培豐教授的用詞，在二十世紀前半出現的台灣白話文，可以稱之為「東亞混合式漢文」[1]。這種漢文的成分非常混雜：有從中國來的白話文那邊學到了一些基本架構和新詞，有前清古典文學的習慣和傳統，有台語或客語的特殊詞彙，有日本翻譯的語詞——基本上就是一種在當時的台灣才會跑出來的東西。

舉兩個例子，一個是賴和的〈鬪鬧熱〉：

拭過似的、萬里澄碧的天空，抹著一縷兩縷白雲，覺得分外悠遠，一顆銀亮亮的月球，由深藍色的山頭，不聲不響地，滾到了天半，把它清冷冷的光輝，包圍住這人世間，市街上罩著薄薄的寒煙，店鋪簷前的天燈，和電柱上路燈，通溶化在月光裡，寒星似的一點點閃爍著。在冷靜的街尾，悠揚地幾聲洞簫，由著裊裊的晚風，傳播到廣大空間去，似報知人們，今夜是明月的良宵。

我想大家都會同意這是很不錯的白話文。但你仔細感覺一下這個敘述的節奏感，似乎又跟魯迅那種很純熟的白話文不大一樣。

或者像〈赴會〉：

「時間慢了，怕赴不著車。」我心中這樣想，腳步也自然加緊速度，走進停車場，還有五分鐘，室裡塞滿了一堆人，好容易擠到了賣票處。車票買到了，改札口都還未開放，一大堆搭車的人，被一個驛夫挽來推去，在排整隊伍，等待鋏單。我自負是個有教育的人，不願意受這特別親切的款待，只立在旁邊等待著，因為爭不到座位，

1 關於陳培豐教授「東亞混合式漢文」的論證可參考其著作《想像和界限：臺灣語言文體的混生》（新北市：群學，二〇一三）。

在我是不成問題。我恃著這雙健足，可以站立三幾點鐘，所以很從容，得有觀察這一大堆人的機會，在形形色色的人們中，特別是燒金客惹目，而且眾多，他們背上各背了一個「斗簡」，「斗簡」中滿盛著金紙線香，還插有幾桿小旗，每面旗各有幾個小鈴，行路時璫璫地發出了神的福音，似能使他們忘卻跋涉的勞苦。

在這裡，我們會看到台語的詞彙（「赴」不著車、「三幾點鐘」），也會看到日文的詞彙（「改札口」）。同樣的，這些文字的節奏還是跟我們慣用的中文不太一樣。

其中差別，很可能就來自母語。賴和以台語思考，然後試著落筆為漢文時，自然就發生了翻譯與協商。有些概念可以借用外來語，有些概念卻只能自己想辦法「貼字」。

而不只他如此，他同代人也是這樣的，無論是作者還是讀者。考慮到漢文的識字率不高，他的「東亞混合式漢文」最大宗的讀者，應該就是同樣操作這種漢文的知識分子。

在這樣脈絡下，我們覺得「好」的漢文寫作，跟他們覺得「好」的東西是有落差的。我們當然可以直接用現在的標準去衡量它，這樣的判斷方式不能說有錯（我自己也覺得那時代的大多數小說有夠爛），畢竟文學是會積累演進的。但如果只是判斷之後便置之不理就有點可惜了。

很多時候，「創新」其實就來自「復古」。那些被用舊的字、看似扭曲的語法、讓人不習慣的節奏感和聲響，總有一天會舊到沒有人記得，以至於再次出現的時候，會新得讓人驚艷。這種化用和翻攪，才算是有效地繼承了這些文學遺產。

第九章——意義

導言——

從此過著幸福快樂的日子，然後呢？

故事其實是一連串的選擇題。在小說裡，你可以剝掉所有的修辭、心理描寫，在影片裡，你可以把音軌拿掉、可以沒有對白或只有對白。你會發現，一路刪減到最後，唯有一整串「選擇的因果鏈」是不能拿掉的。主角決定出門，決定去奶奶家，決定走岔路去採花，決定走進奶奶家門，把野餐籃送到……於是我們有了《小紅帽》。

這有點類似我們在第二章導言〈老梗永遠有效〉裡面提到的「故事是一系列S＋V的動作序列」。然而當時我們沒有說明的是，這個「序列」之所以能夠環環相扣，其關鍵在於「選擇」。**每一個選擇都導致新的後果，然後再出現新的選擇，如是反覆，直到我們完成整個「動機——結果軸線」為止。**在〈老梗永遠有效〉裡，我們講解了「動機——結果軸線」，但這個軸線其實只規定了起點和終點，並沒有規定如何完成這趟旅程。真正定義了這趟旅程的，就在「選擇」上頭：同樣是《鋼之鍊金術師》的故事，我們可以讓主角選擇殺人，也可以選擇不殺；可以選擇與次要敵人結盟，也可以堅持自己的路線。在每段情節的關口，我們都有很多選擇，所以創作者的故事之泉永不枯竭，這些選擇所能分歧出來的故事是無限多種的。

所以，當我們想要對故事進行比較深刻的解讀時——也就是說，當我們開始問「作者想要表達什麼？」時——，最重要的觀察點，就是看角色們在不同時刻所做的選擇，那些選擇透露了作者灌注於該角色身上的意念。同樣的，當創作者想要傳達理念給讀者時，並不是直接跳出來說明，而是透過角色的選擇及其後果來暗示。

舉例來說，電影《鋼鐵英雄》的主角不願殺人，這意味著什麼？網路小說《天魔神譚》的主角則是「對敵殺無赦」，這背後的信念是什麼？一般少年漫畫不願意犧牲夥伴，堅持熱血、友情、希望的公式，那《進擊的巨人》早期著力描寫角色們的怯懦，這又意味著什麼？而更有趣的是「例外狀態」：仁慈的人終於殘忍的瞬間，強悍的人終於崩潰的瞬間，背叛者良心發現的瞬間……比如《冰原歷險記》裡面，那隻最後關頭心軟的劍齒虎；

牠跟電影《神鬼認證》系列裡，特務的數度柔情是不是很類似？為什麼是在那個場景、那個時機點心軟？這後面透露的想法是什麼？

在故事裡，每個角色都代表了某種類型的人生或信念，而這些「選擇」的關卡，就是作者驗證信念的方式。比如我自己的長篇小說《暗影》當中，主角Fido是一個痛恨職棒簽賭的年輕人，動機是消滅簽賭，因此我就會不斷安排情節去考驗Fido：你的信念夠堅決嗎？你真的與簽賭勢不兩立嗎？有沒有可能你會動搖？從而，在Fido的每一次選擇當中，身為作者的我，都置入了我對「消滅簽賭」這件事的思想判斷——它在情感上或道德上一致嗎？在現實上可行嗎？

而最重要的「選擇」，也就是最重要的「意義」之所在，會落在結局。絕大多數的故事，都是以一個最重要的選擇來結尾的，而這等於是整趟旅程最終的「結論」。同理，如果一個角色在非常早期就死去或離場，那它的最後一次選擇及其後果，也會成為它這個角色的「蓋棺論定」。以托爾金的《魔戒》為例，剛鐸王子波羅莫因為對魔戒起了貪念而死，這是作家對「妄想自己能控制權力的人」的判決；最弱小的哈比人佛羅多和山姆是最後成功抵抗誘惑的人，精神上比任何精靈和皇族都強悍，而在設定上他們就是「天真且欲望單純的種族」；人類、精靈、矮人的最後聯盟，則以其「願意掩護弱小的哈比人完成使命」，而展現了他們的高貴情操。

所以，好故事不只是「從此過著幸福快樂的日子」而已，而是：如何幸福？怎樣快樂？這樣的日子意味著什麼？

這些「選擇」及其背後的「意義」，會讓讀者更完整的體驗到我們在第一章所說的「進入另一個人生」的效果。故事成為一個巨大的經驗模擬器。我們可能沒有機會經歷那些情境，但故事帶我們走一遭，讓我們透過角色來「預習」：如果是你，你會怎麼選擇？你可以接受那些選擇的後果，並且堅持信念嗎？甚至，在某些狀況裡，你會在自己本能的選擇當中更了解自己——原來，你的選擇背後的意義，跟你對自己的認知並不相同……

當然，上面是一些看起來很嚴肅的例子。但同樣的結構，也可以應用在政治上或商業上。從最粗淺的那種「買了好車，就會讓全家人過得幸福」的廣告，到比較抽象的政治形象廣告（「國家偉大嗎？國家正在你腳下」），都是「選擇—意義」這個原理的利用。透過廣告故事裡的角色，我們向消費者和選民示範一種選擇及其後果，然後誘導他們做出一樣的選擇。

在本章的兩個案例中，我們可以看到這種「從選擇看意義」的操作方式；當然，這都是從讀者的角度解讀，如果你是創作者，你可以從中進行「逆向工程」，去推想你的故事會讓讀者讀出什麼意義，可能催動什麼樣的決策。案例一的〈台灣人選擇了自己的勵志故事〉，是我在二〇一六年總統大選後寫的評論，將現實中的投票行為當成一個故事裡面的超大型「選擇」來解讀。案例二的〈我們曾和學生談論死亡嗎？〉則相反，我要談的是我們的文學教育中缺乏的「死亡」主題，讓大家在面對現實選擇時，缺乏「預習」的機會，從而產生的矛盾與茫然。

案例一——

台灣人選擇了自己的勵志故事

二〇一六年台灣大選結束，整個局面大致上是泛綠支持者希望看到的局面：在台灣主體意識日漸凝聚的背景下，蔡英文以三百萬票的巨大差距擊敗朱立倫，並且帶領民進黨首度完成了「國會的政黨輪替」。考慮到本次不及七成的低投票率（如果沒有周子瑜事件，也許更低⋯⋯），這場勝利不可不謂巨大。雖然這個結果，對某些政治取向的社群來說猶有不能滿意之處，比如進步知識分子圈支持的綠社盟、獨派支持的台聯，都沒能跨過五％的國會門檻，但總體而言，大部分因為國民黨過去八年執政而焦慮的選民們，至少會有甜美的一夜了。

如果要用一句話來描述這場選戰，我會說：這是台灣人選擇了自己的勵志故事。

對拚的韌性

從六八九到六八九，台灣人展現了與掌權者對拚的韌性。二〇〇八年的陳雲林到二〇一六年的周子瑜，此二首尾呼應的「國旗事件」，是一個具體而微的隱喻：國民黨政權始終沒有把人民的問題當問題，最後自己就會成為那個等著被解決的問題。當我們想要自由的認同空間（而不是虛妄的大國幻夢）、想要安定的經濟生活（而不是沉重的「競爭力」壓力）、想要一個現世安穩的小家園（而不需崩毀在「開發」的怪手之前）、想要免於遭他國控制（而不是只能選擇Z大於B的服貿）、想要自由的思想空間（而不是一份「微調」的課綱）……這些時候，執政的政府拒絕呼應我們的要求。他們的修辭始終都是家父長式的否定：你們不懂，你們沒資格決定這些事；所有事，我們說了算。

在最近兩年的政治評論中，「年輕人」或「世代」成為關鍵詞。許多人都說，國民黨得罪了年輕世代，所以才會這麼淒慘。但我想狀況可能是反過來的，不是年輕世代反國民黨，而是國民黨自居君父，把所有國民當作稚弱可欺的幼子。他們倚老、掌權，讓每個台灣人都「被年輕人」了。

於是，每一次的鍵盤參戰和街頭抗爭，每一次的呼喊與衝撞，都是在跟這個政府說：「你給我停下來，我不要這個，我要的是──」但統治者總是有各種手段，行政權、媒體控制、分化、拖延、壓制……一開始，這些反對的能量很快就會被打散，但慢慢地，人們變得越來越有經驗，越來越頑強，懂得如何周旋。回顧過去八年的「官民互動」，如果是不明就裡的外星人，搞不好還會以為國民黨是在餵招「訓練」台灣人如何當個「有辦法」的公民。而國民黨一直沒有發現的一件事情是，對公義之事的憤怒有它的能量守恆定律，你可以一關一關過、一次一次敷衍，但當這些憤怒累積夠久之後，隨便一點火花就能炸穿表面的和平。你可以試著繼續忽視它、壓抑它，那下次它就會以更凶猛的形式出現。

所以，二〇一三年有二十五萬人送洪仲丘。再壓，就是二〇一四年的三一八運動。再壓，就是二〇一四年十一月五都選舉的大敗。

在二〇一六的大選之前，我其實一直在想，台灣人覺得夠了嗎？這股「氣」散掉了嗎？

現在答案很明顯了，這是台灣人再次對執政者發送的信號：不管國民黨的修辭如何天花亂墜，自居「改革」，我們心裡很清楚，你根本沒有任何改變。台灣人學會了，這就是一場比氣長的競賽，無須為了「為什麼○○還沒倒」而灰心。哪怕掌權者家大業大如國民黨，撐著那口「氣」，總有一天摺倒你。

就在這場選戰裡，你會看到對政府不滿的選民們，如何自發地形成一個個有目標、有意志、有策略的戰鬥小團體。他們交換訊息、互相警惕新聞被遮蔽；他們透過各種創作，進行大量的文化干擾；他們設法向身邊的人拉票，或者設法降低對手的得票；直到選戰的最後一秒，他們還是設法盯著全國各地的票匭，確保每一張開出來的票都是沒問題的。這簡直是一場巨大的球賽，執政黨完全失去了主場優勢，在敵隊球員的進逼和球迷的噓聲中左支右絀。

你選擇讓誰贏

六八九萬人選擇讓國民黨輸掉總統；差不多數量的人選擇讓國民黨輸掉國會優勢。那人們選擇讓誰贏？

讓那些象徵著「是的，我們能做到」的人贏。

所以，蔡英文贏了。許多人批評蔡英文的政策和作風，從理性上來說可能是對的，但忽略了這些支持者的情感基礎。蔡英文在這次選舉，除了候選人以外，還有另外一個身份是「勵志偶像」——那個帶著二〇〇八年，看起來萬劫不復的民進黨，一步一步重返榮耀的超級總教練。她從參選開始，就不斷召喚的「最後一哩路」這個意象，就是對這些選民最深的呼喚。而她的勝選感言也呼應了這個主題，她先對支持者說：「我說過，我拚了命，也要把各位的淚水轉化成笑容。各位，我們都做到了。所以，如果你的眼中還有淚水，請大家把它擦乾。我們一起用快快樂樂的心情，來迎接台灣新時代的開始，好不好？」接著對黨內的同志說：「我還要特別謝謝這次競選總部中年輕的工作同仁們，尤其是黨工。過去，這麼多年來，我心中一直有一句話想跟大家說。這個黨曾經失敗過，但是，我一直告訴我自己，總有一天，我要讓大家穿著這個黨的制服，走到外面的時候，心中是充滿著信心和責任感。我們做到了。」與其說蔡英文真的帶來什麼新的政治願景，不如說她帶給群眾一種精神上的信心：可以的，如果民進黨曾經這麼糜爛都可以站得起來，沒有什麼不能做到。

這跟國民黨及其支持者時常掛在嘴邊的失敗主義台詞——不可能獨立的，台灣人沒有競爭力，鬼島沒有希望——是天壤之別。

更振奮人心的勵志偶像，則是三席區域立委：中正萬華的林昶佐、潭雅神后的洪慈庸，和花蓮的蕭美琴。這三個人都是在極端不利的局勢之下進入那個選區（差別在蕭美琴的「起點」早很多），頂著二〇%、三〇%民調的驚人落後，一點一點把局勢扳回來。蕭美琴在基層耕耘多年，感動了「正當冰」老闆，終於在選前一週引爆了討論的熱潮，她的勵志故事是蔡英文翻版，讓人們相信悶著頭做會有回報；這對於大多數忙得要死但又賺不到幾塊錢的台灣人來說，是必要的心理安慰。

林昶佐打破的是「乖乖念書、不要特立獨行」這類陳腐規條的限制，對手追打他的長髮反而自食惡果，勝選感言裡他甚至加碼：「第一個搖滾歌手即將進入國會，我、林昶佐、長髮、刺青，我將進入立法院。」他象徵了舊的、軍公教式的「守規矩」人生觀被揚棄，人們渴求更多元的「正面」形象。讓那些在體制內，永遠不可能是好學生、好勞工的人們，也有機會相信自己是很好的人。

洪慈庸則是一個更加巨大的象徵，那不但是人民之怒的凝聚，更是它的昇華與結晶。她背負著眾人皆知的哀傷，呈現的卻是樸實、鎮定與柔韌。如果問我個人勝選這夜最接近掉淚的時刻，那並不是蔡英文的最後一哩路，而是Ptt網友翻出兩年前洪仲丘事件的文章，然後留下的那句簡直值得刻入石碑的禱語：

「洪仲丘，你姐姐贏了。你看到了嗎？」

台灣人太需要這些勝利了，太需要這些人代替自己，狠狠贏一場不可能的仗。因為我們何嘗不知道，自己的處境一點都沒有變好，明天開始，艱苦的依然會艱苦，邪惡的依然會邪惡，等著我們的未必是美好未來。

但如果他們可以逆轉勝，那我們就有了拚搏下去的理由。

當然，我更衷心盼望的是，台灣人可以更透徹地理解這個勵志故事：這些人之所以強大，並不是因為他們自己而已，那裡面有我們每一個人灌注其上的信念。如果有一天，這些人，任何人，在某一瞬間腐敗了、閉耳閉眼蒙住了心，那我們就要想起二〇一六年的今天。我們要做一個脫胎換骨的六八九，而不是至死不渝的九點二。在民主國家，只有政治人物須對人民忠誠，沒有我們向任何人永久效忠的道理。不管那時候，新的政府看起來多麼強大，都沒有關係。

我們要牢牢記住，連國民黨都可以摺倒的台灣人，沒有任何政府可以心存僥倖。這是我們台灣人自己寫出來的勵志故事。

案例二——

我們會和學生談論死亡嗎？

經過種種紛擾，綜合目前所能看見的所有資訊之後，北區反課綱高校聯盟發言人林冠華的自殺，已大致能確定是為了反對「課綱微調」而進行的「死諫」。這些資訊的流出容或有爭議，但除非再有新的材料，林冠華本人的意志基本上是很清晰地浮現了。確定了這件事之後，我腦中一直盤旋不去的，是七月二十一日那天，我受邀到教育部正門前，參加反課綱學生組織的「蘋果樹論壇」時發表的談話。在演講的後段，我提到幾個國文科忽略的議題面向，包含女性主義、同志文學、階級問題、霸凌與自殺，我認為，如果國文科一直宣稱他們有能力擔負起生命教育和倫理教育的責任，則應該選錄與這些議題有關的文章，提供學生思索的材料。

活動現場，有位記者非常熱心，從頭聽到尾，事後也寫出了很詳實的報導。但我閱讀報導的時候，馬上發現：「自殺」這個議題不見了，新聞呈現出來的，是我談「女性主義、同志文學、階級問題、霸凌」這四個議題。也許只是現場嘈雜，沒有聽清楚；但我直覺感受到的是，這位記者正在用他的善意「保護」我和這個論壇活動，故隱去了「自殺」不寫——因為前四個議題，縱然有人可能反對（比如護家盟），但都還在一般人想像的教育範疇裡。然而，和中學生談「自殺」，在許多師長父母眼中，是比上述議題更加禁忌的話題。

這正是我們的教育思維中，對「死亡」一事不斷迴避的一貫邏輯。教育體系傾向將「自殺」病理化，劃歸給人力短少、功能不彰的輔導室處理，而不是視為每個人生命當中，都可能「過不去」的一個節點。我們的課本極少談論死亡，若談到，不是文天祥〈正氣歌〉那樣的「留取丹心照汗青」，就是方苞〈左忠毅公軼事〉那樣，為了崇高的「國家」而死。這些文章自有其可取之處，但我們在教學的過程中，如果沒有認真去討論「人為什麼有時會失去生存意志」，去討論「社會結構的壓制，造成人的自我毀滅」，或甚至更幽微的憂鬱、情感的困境、存在的困惑、認同的焦慮……假裝這種情況以前不曾、以後也不會存在。當學生猝然進入類似的生命處境，他就必須在毫無經驗的情況之下，憑著本能做出決策。說得直白一些，如果我們的國文課本一談到「自殺」，就只會歌頌他們為了崇高理想獻身的精神，我們憑什麼訝異或責怪林冠華為了自己的理想獻出生命？

在這樣的教育邏輯裡，他毫無疑問在做一件正確、充滿勇氣的事，不是嗎？

我的重點不是評價林冠華的對錯，而是想要指出：正是我們在課本當中，將自殺連結上過於扁平的想像，導致我們所有人在面對這類事件時的集體失能。看看政府官員面對這類事件的標準反應就知道了。我們無法去想像，一個人決定關掉自己的時候會經歷哪些情思轉折。因此作為旁觀者時，我們只剩下原始的情感直覺：憤怒、恐懼、或試圖若無其事好逃避生者的責任。而當我們成為當事人的時候，我們甚至無法確定自己的決定是否正確，該如何活下去，或如何不活下去。

在我一直關注的國文科裡，我認為目前已有一些很好的作品，可以斟酌讓學生閱讀。文學或許無法直接解決生命困境，但它就像是某種「經驗模擬器」，可以讓讀者提前經歷還沒降臨在自己身上的事情，並且在一種相對受到控制的安全環境裡，體會他人已經驗過的思索和決斷。在教師準備充足，擁有足夠的專業素養能和學生進行討論的前提下，我認為可以從邱妙津的《蒙馬特遺書》開始。事實上，這本書早就是許多高中文藝青年案頭的必備書目了，所以高中生的心智能力是可以理解的。在這本書裡，我們會看到「現代社會」所組織的秩序生活是如何抹平了人們的殊異性，使得那些擁有獨特特質的人，一直感覺自身的格格不入，終至自毀。它談論的出發點之一是同志的處境，但即使是異性戀的學生，也會遭遇這種「保持獨特自我」與「從眾」之間的拉扯，因此有足夠廣泛的思考基礎。

而如果要談到自殺的政治性，可以參考的文本至少就包含朱西甯〈鐵漿〉、陳映真〈山路〉和施明正〈渴死者〉。這三個短篇篇幅都不長，而且都能讓學生看見「自殺」並不必然只是自殺者自身的情感脆弱而已，往往都有更大的社會脈絡籠罩著他們。〈鐵漿〉是一個現代化進逼，導致傳統生活全面崩潰，而在這新舊社會之間無法順利「接軌」的人們的故事。〈山路〉則是在社會運動風起雲湧的當下（其實也不只是當下，台灣過去半個世紀以來，何時沒有抗爭？），非常適合思考「自殺」與「為理想獻身」這個議題的作品。不管是宋代的文天祥或清代的方苞，他們的文章中所「獻身」的那種理想，早已不適用於當代政治的邏輯。那種「忠君愛國」的觀念，恰恰正是民主政治時代所應該反對的東西，是時候該更新了。而施明正的〈渴死者〉寫的是戒嚴時代的政治案件，但小說家獨特的切入視角，卻讓那位堅毅求死的角色，蒙上了一種不可知的色彩——那種不可知，或許正是「生命」最難解的疑惑，最不該輕忽的關照。

當然，我同意這樣的教學轉換會牽涉規模不小的改革。教師的專業知能和倫理守則都必須再訓練，在沒有配套之前不能倉促行事。但一條命已經付出去了，這不是第一條，我們若不快點開始，如何來得及讓他是最後一條？我沒有辦法克制地自問一整天：如果我們的教育早點開始和學生談論死亡，今天會不會不一樣？從當事的林冠華和旁觀的我們每一個人，會不會有辦法做出其他選擇？會不會更知道如何尊重生命，同時也尊重死亡、尊重一個人的意志？會不會更能透視事物的表象，看到一起自殺事件背後的社會癥結？將希望寄託於某幾篇文章或某幾堂課程，或許並不理智，甚至有些過於誇大文學這門知識的能力了。但在我們這些教育工作者盡力之前，我們都沒有立場將譴責指向學生。是我們自己沒有擔起我們所承諾的。

如果我們一直在國文課堂上宣稱，文學能讓人「安身立命」的話，我們怎麼可以讓最易萌發自殺念頭、且又真的有足夠能力去執行這件事的中學生，單獨面對這些事情？

國文科能否有一種捨我其誰的自覺，願意扛下這件事？

我想到好一陣子以前，我曾經輔導過一名高中學生。在我們漸漸混得比較熟之後，他才開始願意和我聊一些事情。許久以後的某一天，他來找我，把制服袖口拉到手肘，讓我看他手腕以上幾十道密麻猶如條碼的平行刀痕。「有時候真的覺得不想上學，好恨別人的時候，我就進廁所裡割幾道，然後用手沾水去抹它。這樣就會痛很久，我才會冷靜下來。」他這樣告訴我，語氣平緩。他並不是唯一一個這麼想、這麼做的，但我們的教育體系不打算給這樣的孩子支持系統，寧可讓他們背誦生硬的材料，也不想讓他們「浪費時間」來思考自己的生命。

反正等到他們出事了，再調出諮商紀錄證明自己有做事，並且將一切推給個人的精神疾病，這樣比較簡單，對吧？

第十章——真實與虛構

導言——

只有虛構能讓我相信

在第四章「懸置懷疑」中，我們談過如何獲取讀者信任的手法。然而，關於「真實」與「虛構」之間的關係，還有一些需要說明的概念。這些概念雖然不是直接可用的技術，但若沒有區辨清楚的話，常常會在構思故事的時候走錯方向。（在接下來的幾章中，我們會談幾個這樣的概念。）

讓讀者感覺到故事的「真實感」是重要的。E.M.佛斯特在他經典的《小說面面觀》提到：「對我而言，『小說寫作技巧的關鍵』不在遵守幾項死公式，而在**小說家激勵讀者接受書中一切的能力**。」他用了「激勵」這個詞，暗示了讀者接受、信任我們所說的這些基本上不存在的事物，並不是一件自然而然的事，這是創作者人為努力的結果。這種「人為努力」，正是「虛構」（fiction）真正的意義——在台灣人的習慣用法裡，講到某些東西

「虛構」的時候，總是側重在「虛」，強調那些東西與事實脫鉤；**但它真正的重點其實是「構」，即是「人為搭建起來的東西」**。

因此，當我說「這個故事是虛構的」，我的意思不是說故事毫無所本，而是說我在現有的資訊上（可能來自事實，也可能來自想像）做了一些人工的變造——也就是我們前十章一直在談的技術——這些變造讓你讀起來更有「真實感」了。

同時，不管你創作的是影像、音樂還是文字，我們都要認清：我們是在打造一個人造物。不管這個人造物再怎麼豐富、複雜，它終究無法等同於真實。就算我今天是在寫新聞報導、拍紀錄片，它能夠做到的極限也就是「盡可能建立在事實的基礎上」，而不可能免於「虛構」。基礎之上，它仍是「構」的。

真實是不可能的，所以在你創作時，從一開始就不要想著「我要寫出真實的故事」，這種東西並不存在，我們只能寫出「**有真實感的故事**」。這正是E.M.佛斯特那句話的真義，「**激勵讀者接受**」，而不是給他們真實的世界。之所以如此，是因為真實總是充滿了雜亂無章、矛盾且無用的細節，然而任何創作出來的故事，都必須在極有限的篇幅內，帶給讀者鮮明的意念，所以注定只能集中在幾個最重要的細節、反覆強調特定的主題。

比如說在《三國演義》裡，你會看到的幾乎都是這些人物在軍事或謀略上的表現；在《紅樓夢》裡，你會密集看到貴族府第裡面的人際互動……這些東西看起來很豐富、複雜，但仍然是省略了大量細節的結果，小說家還是會把注意力放在故事運行必要的主軸上。你不會看到趙雲起床之後做的第一個動作是什麼，孔明的婚姻生活是否順利；你也不會看到賈政在朝廷上如何與同僚鉤心鬥角，鳳姐處理的每一筆帳目清單。

我們不可能有足夠的篇幅，去承載所有細節，那自然也無法呈現完整的真實，即便你所述說的故事是親身經歷也一樣。不但篇幅不夠，就算篇幅夠，試圖呈現所有細節也是不切實際的作法。因為讀者的注意力和耐心是有限的，一旦你提供過多無關宏旨的細節，讀者就會精神渙散，不知道你要表達什麼、故事又是往哪個方向發展。日常生活已然充滿矛盾和虛無，讀者何必在小說裡再受一樣的罪？

於是，弔詭的是，如果你力求真實，把所有細節都塞進故事裡，故事反而會很混亂、很沒有真實感；而如果你想營造真實感，你反而必須全力虛構，認真去挑選關鍵細節、刪去不重要的部分，或甚至在某些細節上適度地變造和避重就輕。重要的不是你給的細節本身是否真實，而是你給的細節是否「精準」，能夠誘引讀者相信。這就是我們第六章講過的「意料之外、情理之中」——我當時可沒說這一定是真實的細節，你完全可以想辦法編一個符合此條件的。

舉例而言，全國電子近期推出了〈阿公的電視機〉廣告影片，廣告裡面的阿公感動了非常多觀眾，讓大家想起了自己的阿公。但你如果回去檢視這支廣告，你會發現這個文本其實一直反覆強化少數細節。比如寵溺孫子（讓電視給他、幫他吃青椒、帶他吃雞排）、好幾次孤單地看電視的畫面（而且都在同一角度）。而更加畫龍點睛的，是飾演阿公的陳慕義，他在每一次出場的表情、對白和細微動作幾乎無懈可擊，不管是袒護孫子的發言、吃孫子遞來的雞排時那輕微的後縮、知道孫子有新職位時先問有沒有加薪、新電視送來時興奮到略微語無倫次的表現……每一次他出場，阿公的形象就更鮮明一點，我們就覺得他更「真實」了。

但真正發生的事情正好相反，我們對阿公的了解，並沒有因為故事的推進越來越多（比如說，我們還是不知道阿公阿嬤的婚姻生活如何，不知道他跟子女的關係如何，他年輕時有什麼事蹟，他年老後的日常細節……），反而是被故事引導到一個非常狹窄的範圍內。透過〈阿公的電視機〉，我們認知到的阿公是定型的，他就是衰老、寵溺，然而正是因為作者透過強大的細節定型了阿公，於是我們的心裡就被這些認知佔滿了，再也容不下、也不需要其他細節了。我們感覺這個阿公好有真實感，**並不是因為他真實而複雜，是因為他狹窄且一致**，因為他是技術高超的虛構物。

在本章的兩個案例裡，我們可以看到「真實與虛構」這組區分概念的進一步應用。案例一〈可見的新聞與不可見的小說〉說明了某些作品的「小說感」或「新聞感」，並不來自敘述內容的真假，而是看它採用了什麼樣的敘述手法。案例二〈為什麼作文裡都是阿公阿嬤？〉則討論了像學生這樣的「非職業寫手」，在虛構故事時常見的一些特徵。在那種狀態裡，我們會看到生活條件如何引導或限制了人們虛構的思路。

案例一——

可見的新聞與不可見的小說

在我們看到一篇寫得很扯的新聞報導時，通常最直接的反應就是：「這是在寫小說啊？」這句話預設了對於文字作品的兩個極端，「新聞」應該要在最「真實」的那邊，「小說」則要在最「虛構」的那邊。所以當我們說一則新聞很像小說的時候，大部分是在表達我們覺得這則報導不是真的，帶有虛構的成分。然而最近有一則非常有趣的報導，卻正好可以拿來檢視這組區分。那就是ETtoday新聞雲的報導〈邀CCR女來家作客她只顧打砲 台男「撿菜尾」性侵賠30萬〉：

根據判決，鄧男從事健身教練工作，案發當天與一群友人在敦化南路KTV唱完歌，熱情地邀請被害女子及其外籍男友到他士林區居所喝酒聊天，卻沒有想到這對國際化情侶作風之開放，竟直接將他家當作賓館，把主人獨自晾在客廳，肆無忌憚地在其臥房享受跨種性愛。

到隔天清晨，正妹已滿足地睡著，洋男則得意地走人，鄧男整夜在客廳默默聽著淫聲浪語，此時終於可以回到自己的臥房，他看著躺在床上的女體，覺得怎麼好像一個玩具。他琢磨著自己感到深深屈辱卻又無處發洩的奇妙心情，想著為什麼自己一片好客之心、死心塌地的孺慕西方文化，換來的卻是如此糟蹋？如此輕賤？一腔怨恨無處發洩的他，只能脫下褲子，用勃起的生殖器，對著CCR女的嘴臉捅去。

這是該篇報導連續的兩段，第一段是比較「正常」的新聞寫法，第二段卻是一眼就能看出來，記者的小說魂大爆發了。讓我們暫且把新聞倫理守則放在一邊，單純從文字敘述的特徵來比對這兩段文字，重新想一下：到底新聞的寫法和小說的寫法，真正的差別在哪裡？

重點是寫法，不是真假

很快地，我們會發現「真實」與「虛構」這個區分是不太牢靠的。對於大部分閱讀這則報導的讀者來說，他們是不太可能、也不太會有意願真正去求證「事情真的是報導所寫的這樣嗎？」這在所有新聞報導的閱讀過程都是一樣的，我們沒有足夠的時間、精力和管道，去把每天讀到的幾十則新聞統統求證過一次（不要說十幾則了，光是一則新聞，要徹底求證就不知道要收集多少資料）。所以，與其說新聞是一種真實的文字，不如說我們「相信」新聞是一種真實的文字。這樣的信任，可能來自於長期閱讀經驗和教育的觀念灌輸（從小大家都告訴你新聞是真的）；而從文本上來看，我們更是傾向於相信「某種寫法比較真實」。

反過來說，認定小說就等於虛構也是不精準的——難道小說就不能寫真實事件嗎？如果小說家不怕被當事人告的話，要照抄現實生活成為情節，也是沒人能攔著你的。但我們還是相信小說本質上比較虛構，同樣是來自長期閱讀經驗和教育的觀念灌輸（從小大家都告訴你小說是假的），同樣是因為我們傾向「某種寫法比較虛構」。

我們完全可以想像兩種組合：用小說的寫法寫真實事件，用新聞的寫法寫虛構事件，而只要操作得當，你會以為前者是虛構的、後者是真實的。

所以，關鍵在於寫法的差異。

細節：可見的與不可見的

並不是「文筆好」的就是小說，因為許多記者的報導也有非常好的文筆。我自己的判斷方式是：只要文章中描述的內容，大部分都是可見的細節，讀者就會傾向認為此文「像」新聞。而如果大部分的描述都是不可見的細節，感覺起來就會「像」小說。所謂可見的細節，指的是我們可以從感官上直接得知的物理訊號，包括視覺、聽覺、觸覺、嗅覺、味覺；而不可見的細節，則通常是他人內心的情緒變化，我們無法直接從感官得知，只能透過零星的物理資訊間接推論。舉例來說：

「周杰倫微笑了。」

「周杰倫露出幸福的微笑。」

「周杰倫感到幸福。」

第一句話都是可見的細節，句子中的「周杰倫」和「微笑」都是我們可以用眼睛去確認的，幾乎沒有歧義，是或不是，畫面出來一翻兩瞪眼。（當然，我們還是可以爭論那是假笑、苦笑、大笑，畢竟文字不可能完全沒有歧義。）而第二句話就是在可見的「微笑」前面，加上了作者的詮釋「幸福」。這是他人不可能得知的，不可見的細節。理論上，除了周杰倫本人以外，沒人能知道他是否幸福、又如何幸福。而到了第三句話，我們除了確定作者想要描寫的是周杰倫以外，基本上完全沒有可見的細節。

我們可以回頭，用這個方式檢查〈邀ＣＣＲ女來家作客她只顧打砲　台男「撿菜尾」性侵賠30萬〉這篇報導了。先看第一段。雖然第一段裡面還是有一些不可見的細節（「熱情地邀請」，啊是多熱情？），但大致上的事件輪廓是清楚的：有兩男一女，他們在某處相識、到其中一人家裡續攤、一位外國男性和一位本地女性發生性愛。重點不在於這些事情是否真實發生，而是這一連串可見的細節，會讓讀者在資訊不足的情況下，傾向先相信再說。而第二段則剛好相反，除了「外國男性離開、本地女性睡著、本地男性性侵」以外，自「鄧男整夜」以下，至「只能脫下褲子」之間，幾乎全部都是不可見的細節。這整段正式進入了小說的寫法。鄧男有沒有覺得自己像玩具？他有沒有覺得屈辱但無處發洩？他有沒有琢磨自己的感覺？有沒有覺得自己孺慕西方文化？有沒有覺得自己被糟蹋？這些我們全部都不知道，記者應該也不會知道，理論上只有鄧男自己清楚。

然而這並不意味著這段都是假的。——不可見的細節奧妙之處就在這裡，我們不但無法證明，也幾乎無法證誤。我們也許可以去問當事人，但當事人不一定會誠實，他可能會為了各種動機去改變自己的說法，你可能說對了（或錯了）但他不願意全部承認（或否認）。而這也是為什麼正統新聞寫法裡，談到當事人感受的時候，會常常引用當事人自己的說法。「鄧男感覺屈辱」是不可見的細節，但改寫成「鄧男表示自己受到屈辱」就比較接近可見的細節，因為不管他心裡怎麼想，反正他有這麼說，「表示」這個動作是可以直接觀察到的。同理，如果第二段的內容全部都放入對話框，改寫成鄧男自己說出口的形式，我們就不會覺得這則新聞很像小說，只會覺得鄧男好像是一個活在小說中的角色。

而更有趣的是，比起「鄧男表示自己受到屈辱」，上引報導的第二段，卻能提供給讀者再多可見的細節都難以觸及的「真實感」。不得不說，「鄧男」很可能真的是這樣想的；就算他本人不是這樣想，我們也可以感覺到有很多台灣男人是這樣想的。這種真實感不是新聞性的真實、事件確切發生的真實，而是關於一種人類的心境流轉，他的情感、焦慮、苦悶與偏見，他的可憫與可惡；簡言之，一個更立體的人。那是小說犧牲了「真實」的考慮，去透過（部分的）「虛構」交換而來的成果。因為人本來就不可能從可見的細節裡，完全知道另外一個人心裡在想什麼，所以如果想要使人與另外一個人共感、共鳴，就得用上這種有點奸詐、不太誠實的寫作方法。有的時候，這種寫法甚至會有比單純的「感人」更強大的力量，也不只是能夠讓人理解一則性侵事件的內心曲折而已，更能夠召喚人們投身於更大的奮鬥之中。比如在近年引爆全國拆遷議題的「大埔事件」裡，陳平軒的〈只見過一次的大埔阿嬤〉[1]，就是非常好的例子。

這就是我們在文學術語上稱之為「寫實」的東西：一種靠著一點精準的謊話來說出真話的手法。

1 原文請見：https://ckonesix001.wordpress.com/2010/08/03/只見過一次的大埔阿嬤/。

案例二——

為什麼作文裡都是阿公阿嬤？

國中會考放榜後，教育部公開數份六級分的範本。記者同時訪問了國文閱卷委員、淡大教授曾昭旭。根據報導，曾昭旭表示：「台灣人平均壽命增加，十五歲的考生有那麼多阿公阿嬤都死掉了嗎？很多考生寫『捨不得去世的阿公或阿嬤』，有些看起來是虛構的，虛構就是在消費阿公阿嬤，這樣的寫作得分不會高。」

作為一個教育專業人員，我認為這樣的發言是非常短淺的。全國有二十多萬的國中生，當我們看到作文中清一色是某種題材（如阿公阿嬤之死）的時候，我們該做的事情不是責怪他們沒創意，而是去思考：為什麼這個國家的學生都這麼沒創意？為什麼「沒創意」的方向如此一致？這個現象背後的成因是什麼？在教育測驗編製理論裡（白話文就是「關於考試的教育理論」），如果大部分的學生都在某種考題裡面犯錯，而且不同背景的考生犯下的還是相同的錯誤，那要不是教學或測驗編製這方面要檢討，要不就是這種「錯誤」背後凸顯了學生的生活環境出了結構性的問題。

對此，我們需要重新「審題」，並且考慮考生（此刻的國三學生）面對的生活環境，才能找到「為什麼作文裡都是阿公阿嬤」這個徵狀所隱含的訊息。

為什麼是阿公阿嬤？

為什麼學生都「捨不得」阿公阿嬤？其實稍微設身處地想一下就知道了。要「捨不得」，就得有一件東西分離遠去，通常不是人就是物件。大部分國中學生生存的環境，物質供給都還算豐裕，你很難為了某一個「物件」而感到深刻的不捨。而對於家裡經濟困難、物質不豐的學生來說，如果寫出自己捨不得某個物件，等於是在暴露家境的貧窮。一來這需要勇氣，二來這「感覺」就不像是「正確的主題」——這點很重要，因為從國小開始，大部分老師還是教導作文只能寫「正確的主題」，學生的落筆範圍受限已久，很難在大考時有所改變。（最簡單的例子：你有看過作文寫「畢業旅行」的時候抱怨不好玩的嗎？你有看過誰在寫父母的時候表達過怨恨的嗎？）而且，如果你對國文課本還有印象的話，你也許會記得，在國文課本中的每個作家（這些案例，在教育學中稱之為「模範」），都是「安貧樂道」的，對吧？你從來沒看過任何一位會在課文裡面喊窮的作家（有興趣的讀者，可以見拙作〈有沒有「安貧樂道」的八卦〉[2]）。所以學生怎麼「敢」喊窮呢？就算他敢，也找不到模板可以學習。

也許有人會說，對物件的捨不得，不一定是看物質的「價格」啊，物件也可能有象徵意義、能夠有睹物思情的效果（比如說爸爸常用的雪茄盒子[3]……）。這樣說是沒錯的，這確實是文學創作中常有的寫法。問題是，在學校的正規寫作課程裡，有教導「象徵」這麼高段的寫作技術嗎？如果沒教，我們這些教育從業人員憑什麼期待學生自己突然就會了？

所以，比較能夠引動情緒、方便操作的，就是捨不得「某人」了。我們來考慮一下國中考生生命中會有哪些「某人」：要捨不得同學、朋友嗎？十五歲的同儕死亡率比阿公阿嬤更低，除非遇到轉學、分班，不然實在沒有「捨」的理由。問題是國中階段轉學比例並不高，分班又沒有真的到達「分離」的情緒強度，要扎實寫缺乏經驗基礎，要虛構也缺乏經驗基礎。要捨不得和男／女朋友分手嗎？但國中生在作文裡面寫戀愛、失戀的過程給老師看，豈不是自我招供？別忘了，在許多學校裡，國中生談戀愛仍然是禁忌，可能被抓去記過的。這當然也不會是「正確」的主題。而如果平常就不能練習寫這些題材，臨到大考了，考生怎麼有勇氣押上自己不熟悉的東西？那要捨不得父母嗎？嘿，每天都會看到的人，煩都煩死了，要怎麼捨不得啦。就算父母離異或意外，這種帶著悲傷、甚至可能帶有恨意的題材，有可能是「正確」的主題嗎？

最後「當然」就只能捨不得阿公阿嬤了。因為：

2 原文請見：http://www.facebook.com/chuck158207/posts/1133485186667614。

3 可參考袁哲生的小說〈雪茄盒子〉，收錄在《靜止在：最初與最終》（台北市：寶瓶文化，二〇〇四）。

（一）相較於父母，他們死掉的機會比較高。
（二）就算沒死掉，「想像他們死掉」也比較容易，因為他們比較接近死亡這個狀態，學生可以試圖把「可能會發生的焦慮」轉移成「已經發生的悲傷」。
（三）對學生來說，阿公阿嬤是夠親密的人，足以調動比較高的情感強度，無論是真實發生還是在作文裡面虛構。

除此之外，你也可以發現，不管是什麼題目，阿公阿嬤幾乎都是熱門素材。作家、同時也是閱卷教授的廖玉蕙就曾於〈我從小喜歡種樹〉一文感嘆：「我改過一色五十份的考卷，其中有三十八人提到家有老榕樹，有趣的是，這三十八棵老榕樹中，有三十棵不約而同的種在外公家。」這其實也很容易解釋──因為「阿公阿嬤」和學生生活的距離，剛好在一個有點近又有點遠的狀態上。他們夠親近，所以讓學生感覺到切身相關、有情感上的親密；他們又夠遠，平常不會出現在生活裡，所以可以塞入各種（因應無聊考試題目）而出現的虛構。那是學生們的無何有之鄉、幻想靈感之地，一個既熟悉又陌生，是很容易拿來「寫小說」的距離。有小說創作經驗的人一定知道，最容易入手的題材就是半假半真、半生不熟之處。在這幾年我評審各種學生文學獎的經驗裡，也不斷印證這個道理：比如學生喜歡寫「校園奇幻」（前半熟後半生）、喜歡以古文腔調改寫歷史事件（文字風格熟而時空背景生）、喜歡寫青春愛情故事（青春熟而愛情生）……

因此，作文裡面出現大量的阿公阿嬤，意外嗎？我們不該一概責備學生缺乏創意，而是應該去想：是不是教學出了問題？（還有多少老師強調「正確的主題」而不在乎真實性的？）是不是我們給學生的環境出了問題？（寫作的貧乏來自生活經驗的貧乏，當我們每天強迫他們念書補習十多個小時，他們哪裡來的生活經驗？）前引廖玉蕙的文章也問得好：「為什麼孩子認定某一類八股的文章模式必為閱卷者所青睞？為什麼一向勇於向父母權威挑戰的孩子在面對考試時，如此伏低做小的壓抑自己、不敢說些真正的想法？或者，孩子為什麼念了那麼多年的書，竟然沒有自己的一些想法？」

你們真的鼓勵真實嗎？

或者換個角度問：如果有學生勇敢地寫下自己的真實感覺，我們的教育體系會鼓勵他嗎？

剛好，這幾年就有兩篇文章可以讓我們參考一下。第一則是二〇一二年的〈如果指考作文出現兄妹亂倫〉[4]，作者是東吳大學英文系教授、英文作文的閱卷老師，他在文章裡面說：

那次閱卷時，本組同仁經手了一篇明顯違反公序良俗、令她瞠目結舌的作文。該名考生描述令他最難忘的氣味，竟然寫出了兄妹亂倫的情節：兄妹在臥房裡進行魚水之歡，身為哥哥的考生，最難忘的是妹妹乳房的味道……如是，那今天這樣一篇描寫兄妹亂倫的文章，縱使令人反感，但倘若「主題清楚切題，並有具體、完整的相關細節支持。重點分明，有開頭、發展、結尾，前後連貫，轉承語使用得當。全文幾無文法錯誤，文句結構富變化。用字精確、得宜，且幾無拼字錯誤。格式、標點、大小寫幾無錯誤」（引自大考中心英文作文分項式評分指標），我們就理應給予滿分或接近滿分的高分。

這樣的結果，看似符合相關規定，沒有程序上的瑕疵，卻嚴重違背了閱卷老師的良心，明顯牴觸了社會大眾所奉行的價值。

我們可以感覺一下，這樣的標準鼓勵「真實」嗎？就算一切能力指標都達高標，我們的閱卷老師竟然還覺得有權用自己的道德標準來判定學生生死，這能怪學生不謹小慎微，寧可虛構安穩的題材也不願意寫下真實的感想嗎？

另外一則新聞〈作文「捨不得」手機不見 滿分範本看這〉[5]，則談到今年被教育部標示為六級分範本的文章。在這篇作文裡，考生「捨不得」自己遺失的手機，最後卻因為閱讀莊子〈逍遙遊〉而覺得釋然，甚至覺得「慶幸」，領悟了「無待」的境界。

4 原文請參考二〇一二年七月二十四日《蘋果日報》論壇：http://www.appledaily.com. tw/appledaily/article/headline/20120724/34388570/。

5 原文請見：http://www.appledaily.com.tw/realtimenews/article/new/20150605/623242/。

嗯，閱卷老師們，你自己摸摸良心，你相信這篇文章是出於「真實」而非「虛構」的機率有多高？還是說，只要最後提到莊子、提到中國文化經典，就算是虛構也沒有關係？消費阿公阿嬤不行，消費莊子怎麼又可以了？

你們哪來的資格指責學生虛構阿公阿嬤之死？這批阿公阿嬤大軍，本來就是你們碾碎了學生們十幾年的青春煉成的啊。

第十一章——詮釋與過度詮釋

導言——

那裡有一道他馬的藍色窗簾，及其他

對於想要用故事完成某些文學以外的目的，諸如政治操作、意見表達、廣告行銷的人來說，知道讀者如何詮釋作品，會從故事中感知到什麼意義，是很重要的事。傳統上，通常只有文學評論家會在意如何詮釋作品。但如果你對故事創作抱持著一種實用目的，你其實必須具有精準掌握讀者習性的能力，這樣你才能確定自己創作出來的故事會產生你要的效果。

如何正確詮釋一部文學作品的意涵，避免做出「過度詮釋」，一直是文學評論者和認真的文學讀者心中的難題。這幾乎可以說是各種文學座談會當中，最熱門的讀者提問。在網路上，某些網友在看電影、讀漫畫、讀小說時，也會爭論所謂的「藍色窗簾」命題：到底在一部作品裡面出現的細節（比如一片藍色窗簾）是有言外之意，還是讀者自己想太多？雖然不同背景和流派的寫作者，對這個問題會有不同的答案，但是我認為我們還是能夠用一些原則，來找出對同一作品的不同詮釋間，哪一個「比較接近」正確。

為什麼對作品進行詮釋會這麼困難？原因在於，許多文本不是只想要傳達一套明確的資訊而已，它是一套刻意模糊、迂迴、複雜的語言系統。粗淺地說，就是包含許多「言外之意」，而且這些東西雖然沒有說出來，讀者也講不清楚，卻會非常深刻地影響讀者的體驗。像今年年初的熱門國產遊戲「返校」，就做了大量的細節和象徵體系的設計，所以即便是不明白台灣歷史的外國實況主，也會覺得這是一部很有意思的作品。

但是，要把這些「可感知」的東西，轉換成「可描述」的詮釋，就很麻煩了。以中國詩人顧城的著名作品〈一代人〉為例，它只有兩行：

黑夜給了我黑色的眼睛
我卻用它尋找光明

透過一些背景資料，我們可以知道，這首詩在談的主題是「文化大革命」那個世代的處境。在這樣的背景下，我們可以感受到「黑VS光」這組對比指的是政治、歷史上的光明與黑暗。有趣的是介於這組對比之間的「我」，「我」在客觀組成上有一部分來自「黑」，但主觀上追求「光」，其中的悖反正是作品深意所在。——「我」並非天生良善，但努力趨近良善，即便時勢如文革一般糟糕。

我所說的只是其中一種詮釋，並非全貌，但就算是這樣，我所花費的筆墨還是比原詩多非常多。這意味著原來的十八字所包含的資訊遠超過字面上的意義，是高明的寫作方式。如果我們把它轉換成資訊明確的寫法，也許會變成：「即使在文革這麼糟糕的年代，我還是不放棄追尋良善的東西。」兩相比較之下，雖然後者清晰明瞭，但是正因為太過於清晰明瞭，反而使得詩作中很微妙的感情和思考被簡化、削減掉了。

但我們怎麼知道什麼時候做出了「過度詮釋」，什麼時候沒有？我怎麼知道我上面的解讀是對的？首先要解決的問題是：我們要用什麼東西當作「正確詮釋」的標準？最傳統、最直覺的標準是「**作者意圖**」，也就是說，很多人認為，我們能不能從作品之中讀出

「作者想要表達什麼」是最重要的事情。在這個標準之下，如果我們的詮釋出現了作者沒有想過的東西，那就是我們「過度詮釋」了。

但這個說法其實有很多問題。首先，有創作經驗的人就知道，讀者會讀出「作者沒有想過的東西」，幾乎是文學閱讀的常態。尤其如前所述，如果文學是一套刻意模糊、迂迴的語言系統的話，產生多種解釋本來就是理所當然的，只以單一的「作者意圖」來定生死，其實就和文學的本質矛盾了。而且這會產生一個終極困難：我們如何測量作者的意圖？我們沒有心電感應的能力，所以只有一個辦法，就是請作者自己說明，而這說明本身又是另外一個文本——嘿，我現在為了知道文本A（作品本身）在說什麼，結果得到了文本B（作者的說明），那我又如何知道自己對文本B的詮釋有沒有問題？我們如何確定作者不會為了某些目的，在說明當中避重就輕、刻意模糊、扭曲甚至說謊？這不是在懷疑寫作者的人格，而是從嚴肅的知識態度上來說，作者意圖是一種無法探測和證實的東西，拿來作為標準是很危險的。

比較好的作法不是用「作者意圖」當作標準，而是用「**文本表現**」來判斷。什麼叫作

「文本表現」呢?**簡單說，就是在此一時空，一個有經驗的認真讀者，能夠從該文本中合理推論出來的各種詮釋之總和，就是它的文本表現**。當然，在不同的時空脈絡下，我們可能會欣賞這個文本不同的部分，但是關於這個文本在說什麼，基本上會有一個大致的範圍。比如提到郭松棻的〈月印〉，我們不可能說他在影射三一八運動(因為時空不對，作者和當時的讀者都不可能預知未來)、不可能說他寫的是台中的故事(因為小說細節不支持這種說法)、不可能說他寫的是妻子為中華民國盡忠，大義滅親(因為故事的氣氛不對)……在種種「不可能」的限縮之後，我們就會得到一個小而明確的範圍。大致上，不走出這個範圍就不會是「過度詮釋」。

當然，這樣說還是很抽象。因此，我根據過往創作和學術研究的經驗，歸納出幾項檢視「如果對單一作品有超過一種詮釋，哪一種比較好」的原則：

(一)**文本證據原則**：所有的詮釋，必須在文本中找到至少一個細節支持。(沒有達成這個條件，就直接出局，無論它看起來多完美。)且越是抽象、不直觀的詮釋，需要越多的細節。

（二）**最大解釋力原則：**一個詮釋，能夠解釋越多文本中的細節越佳。理論上，一個完美的詮釋可以解釋文本中所有細節為什麼會出現在那裡。

（三）**思路一致原則：**在同一篇文本中，如果我們用某一種思路詮釋A細節，則所有同類型的A1、A2……細節都必須符合這個思路。舉例來說，如果我們認為某作品中「藍色窗簾」是重要的象徵，那如果在別處出現「紅色窗簾」，則它也必然是重要象徵，否則我們的詮釋可能就是有問題的。

（四）**無矛盾原則：**就算一種詮釋可以解釋文本中大多數細節，但只要有一個細節和此詮釋矛盾，這個詮釋就是無效的。

（五）**合身原則：**一個詮釋越是能解讀出該一作品的獨特之處，而不是泛泛適用所有作品，就是越好的詮釋。比如說，「這部作品表達了人性」可能符合以上所有原則，但因為基本上可以解釋所有的作品，毫無特殊性，所以就是一個不合身的糟糕詮釋。

當我們做出的詮釋可以通過這五條原則的檢驗時，就能比較有把握地說我們的解讀是合理的。同理，一般讀者憑直覺所能感知到的意義，大致上也不會超過這個範圍。一個熟練的創作者也能依此進行「逆向工程」，檢視自己的故事是否能獲得預期的效果。

本章的案例〈敬告彭明輝教授：一個說故事的小常識〉談的就是一個「過度詮釋」的案例，而且是刻意的、帶著惡意的過度詮釋。此一詮釋方式雖然不可取，不過在實務上，若在處理歷史、政治相關的題材時，我們都必須做好面對此類惡意的心理準備，並且知道如何反擊這類說法。

案例——

敬告彭明輝教授：一個說故事的小常識

彭明輝教授在他的部落格發表了〈失去真相的台灣史〉[1]一文，主張：「在國民黨的遮掩與扭曲下，我那一個世代的『台灣人』很難了解真正的台灣史；後來，在綠營各路人馬的遮掩與扭曲下，野百合和太陽花世代很難了解另一面的台灣史。」但在這個兩陣營各打五十大板的宣告過後，這篇文章主要的篇幅和批判力道，都是向著台灣人「親日」或「認賊作父」的方向而去的。

姑且不論在討論歷史的時候，仍執著於「真相」一詞，是多麼過時的方法論。歷史學

1 原文請見：http://mhperng.blogspot.tw/2016/01/blog-post_24.html。

的部分，可交由方家指正，身為寫小說的人，我特別注意到的是他提到了描述日本時代的電影，並且批判這些電影的意識形態：「在《海角七號》等一系列『懷日』電影裡，台灣人跟日本人只剩浪漫或淒美的情感，而徹底忘記慰安婦的故事，也忘記殖民與被殖民的關係。」這段說法，讓我們很明顯地看到了彭明輝教授學力未逮、思慮未周之處——如果不是惡意、故意地「未逮」、「未周」的話。

彭教授也許有所不知，在我們評論一個文本，無論是小說、電影還是其他敘事性文類時，有一些評論者必須遵守的「紀律」。其中之一是：

我們必須盡可能以「文本中呈現了什麼」來作為評價依據，而盡可能避免批評「文本中沒有呈現什麼」。

也就是說，如果你覺得一部作品寫錯了什麼部分，或者哪裡沒寫好，我們應該直接指出是哪個段落、哪些部分出問題；但除非你有非常非常非常充分的理由（比如說在推理小說最後，沒讓你知道兇手是誰之類的），你不能自己認定「作者應該要呈現什麼」，然後因為沒呈現就覺得它寫壞了。

因此，彭教授對《海角七號》這類「懷日」電影的批評是完全不成立的。他的狀態就是先預設了，凡是寫到日本時代，就應該寫到慰安婦、寫到殖民者與被殖民者之間的階序關係，然後因為《海角七號》沒有寫到他的預設，所以這部電影就有問題。這基本上是一套自high的批評方式，因為綜觀《海角七號》的情節，很顯然主要是發生在當代的台灣，裡面的絕大多數角色，都是沒有經歷過日本時代的人，他們「理所當然」可以感受不到當時的殖民氣氛，也「理所當然」不會提起慰安婦；除非故事中的角色剛好是慰安婦。要加進去處理當然是可以的，但不加也不是什麼罪，就像我吃嘉義火雞肉飯喜歡加一顆半熟荷包蛋，但我不能說沒有半熟荷包蛋的火雞肉飯就很難吃一樣。

沒錯，《海角七號》是一個浪漫化的故事，但並不是一個脫離現實的故事。不管是故事中年輕一代的愛情，還是長輩一代的羈絆，都是可能發生的。除非彭教授能先論證這樣的愛情並不存在於日本人和台灣人之間，否則一萬個慰安婦的例子也不能抹消一段浪漫的愛情故事。

而為什麼會有這條紀律呢？因為任何文本都有篇幅上的限制，不可能毫無節制、包山包海地一路寫下去。如果彭教授這種「從虛空中生出問題」的批評方法可行的話，那理論上所有的作品都會是劣作，我永遠都可以說某作沒寫性別、沒寫族群、沒寫階級、沒寫科學、沒寫宗教、沒寫倫理……這樣的地圖砲，終究只是讓文學批評成為一場虛無的嘴砲秀而已。這通常好發於喜歡在演講場合中以發問之名、秀「我很有想法」姿態之實的生嫩聽眾，發生在堂堂貫通人文學理的教授身上，著實讓人訝異啊。

依照同樣的「沒寫」邏輯，我也很想反問彭教授：您的文章既然舉了《海角七號》為例，為什麼會漏掉同一位電影導演的《賽德克・巴萊》？那裡面所描述的殖民體制，可是活生生的血肉拚搏、善惡交錯的。或者漏掉了同樣由魏德聖監製、馬志翔導演的《KANO》？在殖民觀點上，它可能是最接近彭教授（宣稱他）所在乎的「平衡」觀點的——在故事裡，既有無視種族藩籬，對日漢原學生一視同仁的近藤教練，也有歧視這支雜牌軍的校方人員、地方仕紳和體育記者，這難道不正是彭教授訴求的「客觀而完整地面對台灣的歷史」？

還是說，面對「中國」、面對「漢文化」就需要「客觀而完整地面對」，面對日本時代，就只須一概的批判，無須面對歷史中每個行動者的複雜關係？

事實上，像魏德聖、馬志翔這一系列的電影，才是在創作上比較接近「客觀而完整地面對台灣的歷史」的方式。因為創作者的技藝和藝術素養，讓他們知道不可能強求一部作品講完所有議題，所以他們願意不斷推出有不同認同框架的新作，而不只是固守在單一的「親日」或「反日」的框架裡。這些作品的藝術成就多高暫且不論，但這種願意正反並陳、多元交雜的態度，在創作者的政治倫理中，已是無可挑剔的了。

除非論者也是刻意只挑單一作品，來批評其空缺，刻意無視整個創作藍圖的互補性。

最後，彭明輝教授也提到了作家鍾理和的例子，認為鍾理和也曾以中國為「原鄉」，呼籲大家無需在文化認同上割裂與中國的連帶。這真的是一個非常好的例子，我還可以再加碼一例：像戰後初期的左翼作家楊逵，也是毫無疑問認同中國這個祖國，希望它能茁壯強大的。

但很可惜的是，「祖國同胞」似乎沒有把他們當作同胞。鍾理和在戰後初期，目睹了北平官員以「接收日產」之名，順帶搜括台灣人財產的情況——因為他們假裝自己無法分辨誰是日本人、誰是台灣人——甚至不願意接納台灣人為中國人，認為他們都是奴化的日寇餘孽，因而有了〈白薯的悲哀〉一文。（非常推薦彭教授一讀，Google找得到，特別是在彭教授前一篇文章〈了解時事與政治人物的幾個要領：一個教案〉才示範了使用Google的方式；這不難，您做得到的。）而楊逵，在發表了反對台灣獨立、希望祖國中國能加速政治改革的〈和平宣言〉之後，就因為這篇文章被關了整整十二年（這也Google得到）。

所以您將「排中、反中與去中」歸咎於綠營，很可能完全搞錯了。打從一九四五年開始，中國人就沒打算讓台灣人成為中國人呢。與其說台灣人追求「台獨」，倒不如說台灣人是「被台獨」的；與其說台灣人天生親日，倒不如說是戰後七十年國民黨成績斐然的「德政」，使得台灣人竟然在兩相比較之下，覺得「被殖民好像比較愉快」呢。

這是要怪誰啊。

第十二章——讀者與作者

導言——

其實你也是角色

大學開始，我就一直參加「耕莘寫作會」這個團體的活動，在這邊學了很多關於小說的事情。這本書的大多數內容，都是在這段時間內反覆與師友討論、驗證、練習的。會裡的老師許榮哲，說過他年輕時某次小說拿到文學獎首獎，上台發表得獎感言：「大家都知道，寫小說比的就是說謊的技藝。所以，我站在這裡，就代表我是全場最會說謊的人。」

我猜，這或許會是一路讀到這裡的你，心裡會有的想法——我似乎一直在告訴你一些「陰招」：透過「敘事結構」窄化讀者的思路、引導讀者有限的注意力以完成「角色塑造」、利用細節對讀者的吸引力來製造「懸置懷疑」、掌握「意義」生成的機制以影響讀者的決策……這本書所述的內容絲毫不光明正大，如果你是比較有正義感的人，或許還會覺得有點恬不知恥。

確實，所有試圖用故事來影響人的創作者，都是心懷不軌的人，只是背後的「不軌」各有所求。也因此，在這本書的末尾，我有責任說清楚：如果你也想成為一個說故事的人，無論是行銷、社群經營、理念宣傳還是純粹為了創作而創作，我們要很清楚地意識到，從一開始我們就虧欠讀者。那些越是熱愛我們的讀者，越是願意回應我們的「行動呼籲」的人，我們的虧欠越深。

當我們說出一個結構洗練、情感深刻的故事時，我們確實提供了讀者美好的體驗。但此一體驗的代價，是我們不斷削切、限縮讀者的選擇之下完成的。當我們安排角色哭泣，我們知道那是在動員讀者的同情心；在哭泣的橋段前面鋪陳夠多的悲傷細節，是為了掃清讀者內心除了「同情心」以外的雜念。我們使用「轉場」技巧，我們用特定的「風格」來表現故事，因為我們知道這些東西就像是電影裡面的爆破特效一樣，會奪去讀者全副心神，從而讓他們放下邏輯、忘記這個世界還有其他選擇。比如說，讓讀者忘記他可以去全聯以外的地方買金針菇，讓讀者忘記成為頂尖運動員的方法是訓練與天賦，而以為是因為穿了NIKE球鞋。

我在第一章的案例〈舌的背面〉引用過賴和的小說〈阿四〉。我之所以引用這篇，其實是為了小說當中的另外一段話。那是日治時代的社會運動者阿四，在跟民眾演講時，心裡突然閃過的不安：「阿四看這種狀況，心裡真不能自安，他想大眾這樣崇仰著信賴著期待著，要是不能使他們實際上得點幸福，只使曉得痛苦的由來，增長不平的憤恨，而又不給予他們解決的方法，準會使他們失望，結果只有加添他們的悲哀，這不是轉成罪過？」也正是因為有這樣的不安，阿四才會有了我之前引用的那段心情：「使他心裡燃起火一樣的同情，想盡他舌的能力，講些他們所要聽的話，使各個人得些眼前的慰安，留著未來的希望，把著歡喜的心情給他們做歸遺家人的贈品。」

這是賴和的反省，他用他的小說表達了故事創作者的這種「虧欠」。這也是我在三一八運動以後，開始投入時事評論書寫以後，不敢或忘的一段話。

既然有所虧欠，我們就得在其他地方「償還」回來。

所以，在這個意義下，最起碼要做的，就是不能昧著良心使用這套技術。不管我們賣的是理念還是商品，我們自己要很清楚，這些東西真的是對讀者有益的。當然，有時我們會因為自身的不足而誤判，在那樣的狀況下我們確實也有應該擔負的責任。但最基本的是不能明知故犯。

這聽起來是古板的說教，但卻真的是會產生危機的。在廣告行銷領域有句名言：「好的廣告會加速壞的商品的死亡。」就是因為這樣，當讀者因美好的故事上當，所有的「虧欠」都會加倍奉還。本章的案例〈方文山應該因為連勝文被噹嗎？〉和洪秀柱競選總統時的「伊梓帆」事件都是類似的例子。在社群行銷盛行的當代，大多數「公關危機」也都來自於故事的破裂——比如你在崛起的時候許諾了故事的主軸，以「專情」作為賣點，吸引了讀者，那在你爆發外遇事件時，自然會讓讀者大幅度崩潰，這就是拍了《那些年，我們一起追的女孩》的九把刀；你以自己的人生經歷為賣點，塑造了一個努力追索家族歷史的感人形象，那自然會在讀者發現你身分造假時身敗名裂，這就是《灣生回家》上映之後的陳宣儒。

這些案例犯下的是倫理與技術的雙重失誤。倫理上，你不該欺騙你的讀者，因為作者與讀者之間的「懸置懷疑」僅限於故事內的表現手法，而不應及於現實；技術上，你早就知道了自己身上的特質與故事所需要的宣稱不合，那就要果斷放棄（反之亦然：你早就憑藉某種故事得利，那就只能放棄某些人生選項）。然而，當我們站上創作者的位置時，這些虛假不實的東西，都會具有強烈的誘惑力。——特別在你知道它們可以帶來多好的故事效果時。

平心而論，說謊當然不是最大的罪，但實質的殺傷力是很大的，因為讀者會在這種時候把你在故事裡所虧欠的東西，連本帶利地討回來。就像職棒簽賭只是輕罪，但在球迷心中卻有如天崩地坼一樣；因為職業運動的本質就是全力以赴，爭取最高表現，比賽放水因而就變成這個故事中最不能原諒的事情。

在這樣的認知下，我們就不只是一個說故事的創作者而已。我們同時還是一個更大的故事裡面的角色，那就是我們所生活的這個世界。從某種角度來說，整個人類社會，其實正是社會全體成員的集體「虛構」（別忘了，我們說過，這個詞的重點在「構」），因而也符應故事運作的法則。作為這個超大故事中的角色，我們要如何討讀者歡心？那就是我們在第三章〈角色塑造〉裡、在〈這場名之為選舉的說故事比賽〉中都提到的要點。

如果決定要開始說故事，那就先從努力當個「一致」的角色開始吧。

案例——

方文山應該因為連勝文被噹嗎？

九合一選舉結束後，大家幾乎立刻忘記了連勝文這個人。然而，就在這幾天，因為幫連勝文寫了競選歌曲〈同一種世界〉而遭受到批評的方文山，在自己的臉書上發表了長達萬字的〈請試著別把政治傾向信仰化〉一文，訴說自己在此一事件的委屈，讓我們彷彿又回到了那段奇幻的時光中。在這篇文章裡，方文山採取了一種常見的辯論手法，將所有反對的聲音上綱為「箝制言論自由」，而模糊了「到底你有沒有做錯」的焦點。我認為，這篇文章涉及了一個很重要的命題，不容這樣糊弄帶過，值得好好討論，那就是：創作者需要為自己的作品負政治責任嗎？

先說結論，我認為有。

有一種常見的說法是「政治的歸政治，文學的歸文學」（或把「文學」代換成任一領域：音樂、電影……），認為評價創作者最重要的依歸，就是他是否創造了好作品。政治立場不應該影響我們對作品的評價，即使我們不喜歡創作者的政治立場，也應該要有足夠的判斷力去就作品論作品。這種說法的初衷是為了保護創作者的絕對自由，也是方文山抱怨文的核心信念（或至少假裝自己持有這個核心信念），嚴格說起來不能算是不對，但是不能把它當作無可挑戰的信條，因為這種「保護」可能被應用到很可怕的事情上。

作品是向人說話的，凡說話就可能產生影響力，就可能產生政治效應。當你創作了一部作品，喜歡這部作品的人，不管他是因為怎樣的審美因素而喜歡它，很容易因而接受了作者的意識形態預設。而當喜歡一部作品的人夠多的時候，它甚至可以成為、或製造一種社會傾向。在這個原理下，我們可以觀察到，同時喜歡《賽德克・巴萊》和《KANO》的人，與同時不喜歡此二作品的人相較，支持台灣民族主義的比例一定會比較高。所以，在這種情況下，要求作品完全免於政治批評是很奇怪的：憑什麼你可以發揮影響力，但卻不必為了這種影響力負責呢？只要我們把例子推想得更極端一點，很快就可以理解這種「影響力」為什麼還是該負起一定程度的「責任」：如果我創作了一部帶有「二二八事件殺得好」意涵的作品，我可以用「政治的歸政治，文學的歸文學」來護身嗎？顯然這是很難說得通的，因為它不止直接傷害了受害者的情感，更創造了一種社會傾向，去支持政府對人民、對台灣人進行屠殺。作品越成功，我的責任就越大。

然而，這並不意味著那個一碼歸一碼的信念是完全錯誤的，只是在持有這個信念時，我們要區分兩個層次：

（一）創作者的政治人格

（二）創作者的創作成就

在我們評價創作者時，我們可以判定某人政治人格低落，但創作成就不錯；或者相反，各種排列組合都有可能。最著名的例子就是余光中，他的詩文水準不差，但向特務機關告密、以至於差點害死其他作家的政治劣跡並不因而能夠抵消。所以在方文山的例子上，他把兩個層次重新混合起來，好像大家都因為他的政治選擇而看低他的作品，只是一種逃遁策略——在〈同一種世界〉發表的時候，許多評論者（包括我在內）都明白說出了，這首歌其實是有他的功力水準的，也可能是連陣營那時為止最好的競選影片。

沒錯，我們就是在批評你的政治選擇。言論自由就是你可以做出選擇，而任何人也可以批評你的選擇。

更何況，上述的討論還只是假設一個單純的創作情況。但方文山的這首歌並不是有感而發、自然創作的，而是有「案主」存在的，這就讓情況變得更複雜一些。這涉及到創作者賴以生存的社會機制。首先，為什麼案主要找某個創作者來創作？常見的理由通常有兩個：一、你的手藝好，做出來的東西品質好。二、因為某種原因（可能是，但不一定是手藝好），你有一群追隨你的讀者／觀眾。當案主想要找你宣傳一個東西的時候（如：一個市長候選人），他必然考量過眼前這位創作者的情況。最好的狀況是兩個條件都很棒，次好的狀況是至少有一個條件很棒。在方文山的例子上，他的第一個條件不錯，第二個條件很好；而從連營當時的記者會說辭來看，他們顯然把重點放在「我找了一些很有名的創作者來弄競選MV」，主要是著眼在第二點。

當第二個條件發動的時候，我認為創作者應該要有所自覺：你今天可以得到這份差事，是因為你背後的讀者／觀眾信任你。所以你能以此謀生甚至獲得更多的名利，不只是因為自己的手藝，也因為他們追隨你。

因此，你對這些讀者／觀眾有一定程度的倫理責任。

所以，尷尬的事情來了。如果你的案主遞給你的是一個有害的或劣質的商品，委託你為之創作、宣傳的時候，你將陷入非常困難的抉擇當中。你如果秉持良心，案子可能是做不下去的；但如果你依著案主，你就必須欺騙追隨你的讀者／觀眾。而且，你必須運用你的手藝欺騙他們，你必須用上你創作的專業，去操作語言、符號、意象，去誤導、縮減、避重就輕……

方文山知不知道連勝文是一個有害或劣質的商品呢？這個我們並不清楚。但從這個角度來看，我們或許就能夠知道〈請試著別把政治傾向信仰化〉為什麼要特別闢一段出來講連勝文好話。也許方文山真的這麼認為，所以這是真心話；也可能他不這麼認為，但是他不能承認，否則就是承認了自己的作品是在用手藝騙人。但是，比較衰的是，他的案主剛好是爛到打破常識的連勝文啊，身為讀者／觀眾的我們，很難相信手藝不錯的他，竟然會看不出來這個人的水準如何。

因此，當我們再次重讀他所寫的歌詞：「我們堅決不 屑 被你們所分 類／住在不同的 街 成敵對的 誰／這樣分太 累／我們一起擁有 同一種的世界／名字叫 台北」，和這部ＭＶ最主要的文案：「親愛的／街舞 比的就只有 技術跟專注／從不在評分範圍的字 叫作 背景身世」的時候，很自然地會升起憤怒之情。當你說不要分類，不要分藍綠，並且隱然指責對手分藍綠的時候，難道不知道真正不斷以激化族群衝突為選戰策略的人，就是你的案主嗎？當你呼籲讀者不要管背景身世的時候，難道不知道真正靠背景身世得利的人就是跟你開會的那個人嗎？如果知道，你的作品為何能夠如此無知無良地，這樣去投擲這些意象和概念？很明顯地，你不可能不知道。你只是選擇站在案主那邊，然後小心翼翼運起畢生功力，哄著讓你能夠得到這個位置的讀者／觀眾，期待我們就像以前一樣，每一次都買單。而當我們不買單的時候，你卻感到惱怒。

不要搞錯了，我們生氣才不是因為你為誰創作。而是因為你騙人。

最後——我們活在小說裡

把世界當小說來讀

二〇一四年後半，五都選舉的「連柯爭霸」打得正兇時，我正在嘉義當替代役。替代役的生活很無聊，固定會在服勤單位吃半小時的午餐，配上半小時的午間新聞。因為實在太無聊了，所以我決定找點事情做：每天看新聞的時候，我會稍微記錄一下，今天新聞裡面的蔡英文出現在哪些地方。之所以針對蔡英文，是因為當時有一種說法，認為國民黨在三一八運動以後已經一片糜爛，所以民進黨根本沒有認真競選，只想躺著收割成果。

最初我也「感覺」民進黨好像沒有很認真。畢竟當時柯文哲和連勝文的選戰天天有新梗，其他人都被擠到新聞的角落去了。然而，當我開始記錄蔡英文的行程時，我發現不對了。午間新聞都是很短的片段，常常是幾十秒掃街的新聞，然後接著幾十秒講某場記者會，最後幾十秒又跳去某候選人對某議題發表意見，並且攻擊他的對手……但在這些片段中，其實是有清楚標示每段新聞發生在哪裡的。於是，我常常會看到A新聞裡面蔡英文在彰化掃街，然後轉進台中；接著B新聞她卻突然在高雄的某場活動裡，澄清某項指控；下則新聞裡她又跑到台北開了一個記者會……

靠杯，妳一天到底是要跑幾個地方。

在我有記錄的一個多月裡，這樣的狀態始終沒變。這讓我開始懷疑那些主張「躺著選」的政論文章——光是我從午間新聞裡撿到的新聞碎片，就可以得到這麼多訊息，更有門路的他們顯然是刻意要誤導的。而同時，我也發現這樣的小把戲，可以讓我稍微早一點知道某些事。比如有一陣子，我注意到蔡英文都在中彰投密集轉圈，過幾天就看到幾篇政論同時指出，民進黨定調了「決戰中台灣」的戰略。雖然我沒有能力預先知道這套戰略，但看到那些文章時，我還是有種彷佛小幅度地預知未來的感覺。

我突然懂了。這不就跟我們讀小說的方法一樣嗎？攫取細節，從中歸納成完整的詮釋圖像。

那是我把這個世界上的所有事都「當成小說來讀」的起點。湯瑪斯．佛斯特的《教你讀懂文學的27堂課》開宗明義就說：要更深刻地理解文學，先備條件就是記憶力。同樣一行行往前讀，唯有那些能夠記住重要細節的人，才能在下一次類似的細節出現或變奏時，立刻明瞭作者的真意，以及感受到結構帶來的美感。

我沒想到，這招原來在現實世界也管用。但仔細想想，似乎也不是太難理解：「文學」原本就是一個理解某種人造物（所謂的「文學作品」）的學科；而我們面對的所有議題，縱然有著千差萬別的社會、政治、經濟上的機制，其本質也是「各式各樣的人造物」，而且它們被表述出來的方式，也同樣受到文字和語言規則的制約。在法律學者討論「適用」的時候，在經濟學家討論「需求」的時候，在政治評論家苦思「一中各表」、「一中同表」的差別時，在商業廣告對每一個呈現出來的符號斟酌再三時，這裡面都有非常文學的影子。

我們到底是什麼

就算回到微小的個人層次，也可以看到我們的生活能與小說產生種種對應。

大多數時候，我們就跟小說中的「角色」一樣，有動機、有選擇、被過往的情感或經歷牽制。我們受到更大的結構限制，以至於沒辦法滿足所有的願望，而且此一結構似乎不是我們或我們身邊的任何人決定的，就像有個站在更高視角的「作者」在操作我們的命運一樣。

有時候我們像「讀者」一樣。我們旁觀各式各樣的事件，從身邊親友的八卦一直到國家大事的進展，這些事件要不就是已經被建構成便於理解的故事，要不就是我們用自己的腦袋把碎片組合成便於記憶的故事。我們是偏愛因果鏈的生物：「因為……所以……然後……」這些事件，未必跟我們的人生有直接關聯，但我們很容易為之情緒激動，就像讀者為了素昧平生的小說角色落淚或咒罵一樣。

我們很少感知到的是，其實我們也是「作者」。當我們蓋下或不蓋下選票，當我們購買或不購買某種商品，甚至當我們決定在Facebook上按某個粉絲頁讚，這些行動都微小但確實地滋養了某些故事（同時，削弱了另外一些故事）。在我們的一生當中，有時也會有些機遇，讓我們有機會在眾人面前展開自己的故事，所謂「成名的十五分鐘」。雖然大多數的人都沒有準備好應對那十五分鐘，以至於沒辦法把故事之神長久留在身邊。但有些人做到了（無論是基於運氣還是技術），比如泛舟哥；也有些人找到了新時代的敘事方式，且發現那種方式很適合自己，比如亞洲統神；也有些人循著安穩的路線，試著跟一些比較傳統的機制合作，比如三一八運動之後湧現的大批時事評論者。

在「世界」這部小說裡，我們都是不停在這三個位置中遊走的行動者。當我們努力克服生活中的諸多困難時，我們是角色。當我們同理他人的困境時，我們是讀者。當我們試著改變困境，試著影響自己以外的人時，我們是作者。

我們是什麼？我們就是那種「能換位置」的存在。這或許是「文學」所能帶給現代公民社會最好的禮物，讓每個人都是「能換位置」的存在。

而這正是我在寫這本書時，始終持有的信念。

如果你覺得被啟動了

當然，這本書所談到的東西，遠非「小說」或「文學」的全部，最多只能算是非常粗淺的一個開始。

如果你覺得自己被啟動了，想要多深入一些的話，可以從這本書開始，延伸進入其他著作。如果你想要理解更多敘事的技巧，可以參考布萊克．史奈德的《先讓英雄救貓咪》、詹姆斯·傅瑞的《超棒小說這樣寫》和蕾妮·布朗與戴夫·金恩合著的《故事造型師》。這條在英美文學已行之有年的creative writing脈絡，雖然已有一些批判的聲音出現，但對於非專業的文學愛好者來說，仍然可以建立很不錯的基礎。

如果你想要更理解如何當一個好讀者，可以參考前文提過的湯瑪斯．佛斯特的《教你讀懂文學的27堂課》，它是非常棒的文本分析基礎教學。如果你想接觸比較本土的案例，則可以參考拙作《學校不敢教的小說》。

如果你想知道文學作家如何思考「小說」這回事，可以選擇的就更多了。比如E.M.佛斯特《小說面面觀》、安伯托．艾可的《悠遊小說林》、伊塔羅．卡爾維諾的《給下一輪太平盛世的備忘錄》、瑪格麗特．艾特伍的《與死者協商》。當然還有米蘭．昆德拉的《小說的藝術》、《被背叛的遺囑》和《簾幕》三書。這些作家的思考會稍微抽象一些，試著表達那些很難用學術語言明確定義、但確實深刻影響小說的某些神祕經驗。

當然，如果你真的覺得自己對小說的熱愛一發不可收拾——如果是這樣，我會深感榮幸——，想要投入這門學問的堂奧，那你可能就要考慮進入大學，去接受更完整的文學史和文學理論的訓練。

來點產學合作吧

當你真的累積了更多的文學知識，再回過頭來閱讀現在這本書，也許就會有更多不同的看法，和不滿之處。這是正常的，也是很好的。

因為這本書的任務，從一開始就不是要建立一套嚴謹的文學論述。如果硬要說的話，這或許可以稱之為「應用文學」吧——就像工程學之於基礎科學，前者是從後者轉化而來，是基於特定實用目的發展出來的東西。

在我看來，嚴肅的「純」文學圈，無論是創作者、評論者還是學者，其角色比較像是「研發單位」。他們站在已有的基礎上銳意創新，不斷挖掘新的文學形式和表達方法。這些東西一時看起來很新，有點難以理解，有點晦澀或莫名其妙，但經過時間淘洗之後，它們之中會有些東西融入我們的習慣當中，成為「大眾文化」的一部分。就像愛倫．坡當年創造了「推理小說」這個文類一樣。

然而這本書並不是為了「研發單位」服務的。我在追求的是台灣做得還不夠多的，文學上的「產學合作」。我們具有各式各樣的文學技術，而且這些技術在這個世界越來越有用，那就沒有道理只把它們留在少數單位手中。我相信，如果它們可以形成壯大的「產業」，或者幫助某些「產業」壯大，那自然也會形成正向的循環，讓更多的資源和人類進入文學的「研發單位」裡。

無論如何，我希望至少能做到的是：在你闔上這本書的這一秒開始，你會覺得世界變得不同了。就像電影《駭客任務》的經典意象一樣，睜開了小說之眼的你，好像看到世界向你揭露了一部分的程式碼。你慢慢可以辨識它了。甚至，好像只要你伸出手，就可以變造它、扭曲它⋯⋯

（連你的手，都有程式碼在流動……）

明天又會是一個普通的日子嗎？

發表索引

篇名	原發表處	原發表日期
電競只是短線的炒作嗎？	udn 鳴人堂專欄	二〇一五年十月十三日
舌的背面	《暴民画報：島國青年俱樂部》（台北市：健行，二〇一四）	二〇一四年八月一日
你為什麼忍不住收看連柯爭霸	30+BLOG	二〇一四年十一月二十五日
這場名之為選舉的說故事比賽	udn 鳴人堂專欄	二〇一六年一月十一日
余秋雨可以教我們的品格教育	udn 鳴人堂專欄	二〇一五年二月二十六日
我看不到你，我看不到你，我看不到你	30+BLOG	二〇一四年十月二十三日
是陰謀論，還是寫爛的小說？	30+BLOG	二〇一五年二月十六日
一支ＭＶ可以毀滅校譽嗎？——中山女高與〈戀我癖〉爭議	udn 鳴人堂專欄	二〇一六年十一月七日
連勝文不小心押了什麼韻	udn 鳴人堂專欄	二〇一四年十一月十八日

國文老師，你們錯了：「正確的語言」並不存在	30+BLOG	二〇一四年十二月十九日
賴和的「自由」，台灣人曾有的語感	朱宥勳臉書	二〇一七年一月一日
台灣人選擇了自己的勵志故事	想想論壇專欄	二〇一六年一月十七日
我們曾和學生談論死亡嗎？	商業周刊教育頻道	二〇一五年七月三十一日
可見的新聞與不可見的小說	30+BLOG	二〇一五年一月二十九日
為什麼作文裡都是阿公阿嬤？	udn 鳴人堂專欄	二〇一五年六月八日
敬告彭明輝教授：一個說故事的小常識	udn 鳴人堂專欄	二〇一六年一月三十日
方文山應該因為連勝文被噹嗎？	udn 鳴人堂專欄	二〇一四年十二月五日

國家圖書館出版品預行編目 (CIP) 資料

只要出問題，小說都能搞定 / 朱宥勳 著 . -- 初版 . --
臺北市 : 大塊文化 , 2017.04
面 ; 公分 . -- (from ; 119)
ISBN 978-986-213-787-1 (平裝)

1. 小說 2. 文學評論

812.7 106003378

LOCUS

LOCUS

LOCUS

LOCUS